SV

Ernst Augustin

Gutes Geld

Roman
in drei Anleitungen

Suhrkamp Verlag

Erste Auflage 1996

Satz: IBV, Berlin
Druck: Pustet, Regensburg
Printed in Germany

Der Wind hat es in seinem Bauch getragen.

(Alchimistische Allegorie)

I

Ich habe eine riesige Erbschaft gemacht.

Das heißt, ein beträchtliches Vermögen, dessen Höhe ich kaum zu schätzen wage, müßte nun nach Ableben meines Onkels auf mich zukommen, kommt aber nicht – wie soll ich es erklären: Es erweist sich als merkwürdig unsichtbar, versteckt sozusagen, eingeflochten in eine Art Rätsel, das auf den ersten Blick nicht ohne weiteres zu lösen ist, auf den zweiten auch nicht. Was der Onkel in seiner ganz eigenen Güte wohl beabsichtigt hatte.

Er starb an einem 1. Juni in diesem schönen Haus in der Gudrunstraße. Ich erinnere mich, es war ein bewegter Tag voller fliegender Wolken, die Vorbörse sah gut aus, in den Frühnachrichten schneller Verkehr, kaum Stau, Frohlechner nun endgültig draußen, dafür Paderwolf als Ersatz, in Gambia Katastrophen. Um neun war alles noch offen.

Zu diesem Zeitpunkt hatten sich nach den Ermittlungen mindestens acht Personen im Haus aufgehalten: mehrere Nachbarn, vier Männer und eine Frau mit einer Beschwerdeschrift, ein Bezirksinspektor, ich natürlich und der Onkel. Außerdem, da die Haustür offenstand – normalerweise nicht –, zufällig ein Paketbote, der hereingekommen war, ohne zu klingeln, und, im Treppengeviert stehend, den ganzen Vorfall mit ansah und erlitt. Vor allem das letztere: Der Onkel, drei Treppen höher, hatte vornübergelehnt das Gleichgewicht verloren, war, das Argument noch im Mund, langsam über das Geländer gekippt und durch das offene Geviert des Treppenhauses – oben befand sich ein Glasdach, das bis ins Parterre Licht spendete – in die Tiefe gestürzt, erstaunlicherweise ohne jeglichen Schreckenslaut. Ich selbst kann dazu keine Aussage machen, da ich mich im ersten Stock in einem Hinterzimmer befand und möglicherweise nichts gehört, nichts gesehen hatte. Hatte aber, gleich als ich davon erfuhr, diesen beschämend hartherzigen Gedanken – ich meine, ich schäme mich wirklich und kann es mir nicht verzeihen, daß ich als allerersten Gedanken, der möglich war, dachte: Der Mann war reif!

*

Der Mann war wirklich reif gewesen, Augustin Fajngold, Onkel zweiten Grades, Halbbruder meiner Mutter, oder doch eigentlich ersten Grades, da es eine Cousinenehe gegeben hatte. Von außen betrachtet, absoluter Gönner und Förderer, ja, mein Wohltäter, dem man nur alles Glück der Erde hätte wünschen mögen. Man stelle sich vor, eines Tages in Schwerin, fernab in Mecklenburg, das kahl geworden war mit den neuen Werbeschildern – früher haben wir es ja nicht gemerkt –, erhielt ich einen Brief: Lieber Neffe, wenn Du mich auch nicht kennst... Man denke, einen Brief in die Beethovenstraße, wo die Zeit mehrfach, und anscheinend bereits vor 45, stehengeblieben war. Herrgott, ich konnte es nicht fassen, saß in der Küche und hielt den Brief in der Hand. Das Kachelmuster, drei blaue Schellen rechts rauf, drei blaue links runter, tausendmal hatte ich es gesehen, jetzt sah ich es ganz neu, den Teepott, die grusinische Büchse mit der Spezialmischung, aber auch das neue Leibnizgebäck, Bahlsen. Saß da und las: Lieber Neffe, wenn Du magst, Erben habe ich außer Dir keine..., diese Küche teilte ich mit den Girsewalds, einem verträglichen jungen Paar, er rothaarig, sie auch, aber gefärbt, glaube ich, die sich sonnabends in Zippendorf aufhielten. Wenn Du also magst..., und ob ich mochte, Herrgott noch mal. Ich wäre, um es genau zu sagen, ins Sauerland gezogen (wo immer das ist).

Nur um der Beethovenstraße zu entgehen. Vor Jahren schon hatten sie im Obotritenring sämtliche Vorgärten und einen Großteil des Gehwegs beseitigt, um dort vierspurig zu fahren und uns an der Ecke mit Gestank und Donner zu versorgen. Schon vor Jahren. Und das Raiferbahngelände, wo ich arbeitete, kostete mich auch keine Träne, roch immerwährend nach nassen Ziegeln, jetzt sogar noch mehr als früher. Was sonst noch? Meinen Friseur würde ich vermissen, der mir stets einen guten Haarschnitt gemacht hatte. Freundinnen? Nur die Chypre-Dame aus Dresden. Zunächst aber fuhr ich nach Warnemünde, dem einzigen Ort, der mich bewegte, Abschied zu nehmen.

Dort hatte ich schon als Kind Sehnsucht gehabt, immer nach dem Jahr zuvor: die blaue Kimme, die um die Steinpfeiler kreisenden Wellen, weiter draußen das scharfbewachsene Steilufer; Onkel Augustin, dem ich später einmal davon erzählte, sagte mir, auch er habe dort seine Sehnsucht gehabt, ganz genau die gleiche, nur ein »Jahrhundert« zuvor. Dieser alte Mann, so stellte sich heraus, hatte offenbar eine ganz normale Schweriner Vergangenheit, nicht in der Beethoven-, aber Richard-Wagner-Straße, war auf das Realgymnasium gegangen, ganz ordentlich noch beim ollen Mehr, war schwimmen gegangen, in der Badeanstalt am Lankower See, war nach Warnemünde gefahren, alles lange vor meiner Zeit. Hatte, der alte Mann, nach Kriegsende an derselben Stelle gestanden, die Schatten auf dem Strand gesehen, hatte gedacht: Wo sind sie denn, die blaue Kimme, die um die Pfeiler kreisenden glasgrünen Wasser der Kindheit (genau wie meine), das Warnemünde von früher ist immer das bessere und kommt nie mehr wieder. So wie ich jetzt vor einer grauen und tiefhängenden Wetterwand Abschied nahm und wußte, daß es das letztemal war. Ich sehe, es gelingt mir nicht. Ich habe versucht, eine Gemeinsamkeit aufzuzeigen, wahrscheinlich erweckt ein großer Altersunterschied immer eine leise Verachtung?

Als ich zu meinem Onkel reiste, war ich achtunddreißig Jahre alt, mein Name – also nennt mich Karl, Beruf Laborant, nicht eigentlich gelernt, aber spezialisiert (VEB Molkereibetriebe, jetzt heißen sie anders), und mit ausgezeichneter Schulbildung versehen, soviel darf ich für mich in Anspruch nehmen, sogar Fachschule. Der Onkel hatte in seinem Brief durchblicken lassen, daß er mich in seinem Geschäft gebrauchen könnte, offengestanden, ich habe bis heute nicht viel davon gemerkt. Ich habe überhaupt von keinem nennenswerten Geschäft Kenntnis genommen, das er zu meiner Zeit betrieben haben sollte, zumindest von keinem, das den Namen verdient hätte, gelinde gesagt.

Und nun ist er tot.

*

Es gibt keine feierliche Testamentseröffnung. Keinen Herrn am Schreibtisch, der, über die Brille sehend, ein letztes Wort der Wahrheit spricht, etc. Nur Benachrichtigung des Stadtnotariats an mich persönlich (!), samt Unterlagen, Bescheinigungen zur Vorlage beim Liegenschaftsamt, bei Banken, Versicherungen, bei der Steuerbehörde. Mir ist das alles unklar, ziemlich dunkel, gedenke aber, mich mit der Zeit zu erhellen: Ich bin also der Alleinerbe.

Alleinerbe von was?

Da gibt es zunächst das Haus. Ich erinnere mich, wie ich es zum ersten Mal betrat, unvorbereitet, mit weiten Augen. Ich war die Nacht über gefahren, erst mit dem »Intercity« Schwerin – Wittenberge, dann mit einem dieser westlichen, in denen selbst die Türgriffe noch aus einem besseren Material zu sein schienen. War in Hochstimmung in ...leben eingetroffen, wo ich mich in allen meinen Erwartungen bestätigt sah, heute kann ich mir nur an den Kopf fassen, ich dachte: Was kaufen sie, was kaufen sie hier alles, in Hochstimmung vorbei an allen Chrom- und Glasläden, Gott sei uns gnädig, und an den Spiegelreflexen, wer hat soviel Geld, soviel zu kaufen. Später, sehr viel später lernte ich, daß man es eben nicht kauft, so einfach ist das. Geriet in ruhigere Straßen, auf ruhigere Plätze, auf denen auch keine besseren Bäume standen als bei uns. Gelangte schließlich in die Gudrunstraße, deren obere Ecke von einer Kneipe mit unbesetzten Stühlen auf dem Gehsteig eingenommen wurde, dem »Gudrungarten«. Danach alte Häuser, das Haus Nr. 17 das älteste. Ich stand davor und dachte, es ist etwas höher und der Putz ist besser, aber es hätte gut und gern in der Beethovenstraße stehen können. Wo war das Aluminium, wo die modernen Klappfenster, statt dessen eine Art düsterer Jugendstil bis zum dritten Stock, davon hatte ich ja genug gehabt. Doch vielleicht, dachte ich, ist es drinnen heller, besser, indirekt beleuchtet?

Neben der Haustür Namensschilder mit Klingeln: Mauser, Hartenberg, Kalanke und Fajngold. Wovon die ersten drei fiktiv waren, ich darf das einmal vorausschicken, niemand wohnte dort, und die Klingeldrähte endeten blind, eine Eigenheit des Onkels, der noch mehr solcher Irreführungen installiert hatte – im Kommenden werden sie alle einzeln erwähnt –, ein Haus mit drei Stockwerken, ganz allein vom Onkel bewohnt. Außerdem gab es da noch ein Kellergeschoß und einen Dachboden, beide »verdeckt« zugänglich, also fünf Stockwerke, wenn man will, ausgestattet mit einem überproportional großen Treppenhaus (eben jenem). Ich betrat einen gefliesten und gestirnten Lichthof, sah ganz oben das gestirnte Dach in grünem und blauem Glas, und dachte: reich!

Düster, unangemessen und reich. Schätzungsweise ein bis zwei Millionen. Und nun? Und nun nichts, gar nichts? Wie mir vom Liegenschaftsamt mitgeteilt wird, ist das Haus bis übers Dach mit Hypotheken vollgeladen, auch noch mit einer, die selbsttätig die Zinszahlungen ausgleicht, eine sogenannte Zinshypothek, so daß im Endeffekt Zero herrscht? Nicht ganz glaubhaft bei diesem Objekt:

Gudrunstraße 17, Spitzenlage, dreieinhalb Bäder (im Souterrain auch noch eines), Hofraum mit altem Baumbestand, Verhandlungsbasis 3 Mio – und das ist immer noch zu niedrig geschätzt, meiner Ansicht nach. Kaum zu glauben, der Alte hat offenbar nicht nur mich, sondern auch die Banken reingelegt, sämtliche Hypothekeninstitute. Eine Verschreibung basiert sozusagen auf der nächsten, und am Ende verbleiben nur noch Schulden? Vier Millionen?

Heute ist ein schwarzer Tag, der schwärzeste. Am Vormittag habe ich Onkel Augustin beerdigt, relativ nobel und einsam auf dem Westfriedhof mit einem Buschen dunkler Rosen am Kopfende und nur noch einem Trauergast außer mir. Einer einzelnen Dame, die in der Tiefe des Einsegnungsraumes nicht schluchzte, aber doch Bewegungen vollführte. Und als der Onkel versank, hatte ich plötzlich die Zwangsvorstellung, aufspringen zu müssen, um ihn daran zu hindern, alle jene detaillierten Hinweise mit hinabzunehmen, die er sich in Perlschrift auf seinen Unterarm geschrieben hatte und die nun zusammen mit den Rosen und dem schönen Holzsarg verbrannten. Hinterher stellte ich fest, daß alles schon bezahlt war, sogar der sackfarbene Granitstein mit der Aufschrift:

Augustin Fajngold

woz ere

so wie es dasteht. Nicht, daß jemand verstanden hätte, was es bedeutet, sie haben es trotzdem eingemeißelt. Also gut. Jetzt sitze ich hier in diesem teuer getäfelten Arbeitszimmer in Mahagonibeleuchtung und versuche Sinn in die vor mir aufgeschichtete Papiermasse zu bringen. Wie ein Mann, der durch eine geschwärzte Glasplatte blickt. Ich verstehe ja nichts von den *bonds* und *stocks*, den Nullanlagen und den fiktiven Auslaufwerten, die mir der Onkel hinterlassen hat – vielleicht daß in ein, zwei Jahren, in fünf Jahren, vielleicht daß in Geheimfächern, zwischen den Zeilen einer doppelten Buchführung im Laufe eines Jahrhunderts achteinhalb Millionen Schweizer Franken entdeckt werden. Wer weiß.

Da ist zunächst die Masse der Urkunden, der Zertifikate und Wertdokumente, die alle sehr schwerwiegend, sehr ernst aussehen, manche wahre Schönheiten, farbig und offenbar in Geldscheinqualität gedruckt mit Wellenlinien, sogar mit Wasserzeichen über die ganze Breite. Ganze Ladungen. Gebündelt und sorgfältig bezeichnet. Doch irgendwie habe ich den Eindruck, daß es sich hier mehr um eine Sammlung handelt, eine Liebhaberei ohne eigentlichen Wert, mehr der aufgedruckten Patriarchen und der rauchenden Fabrikschlote wegen. Das Ganze sieht auch so alt aus.

Eine zweite ominöse Masse besteht überhaupt nur aus Rechnungen und Quittungen. Lauter Mist,

Bankauszüge auf länglichem Papier, gelblich, rosa, hellblau, lauter Quartale und Halbjahre, Soll und Haben, vorwärts und rückwärts. Und soviel davon! Ich sehe Daten bis in das Jahr 61 zurückgehend, nein, ich sehe sogar das Datum 1. 6. 58. Und zwar als unerledigt abgeheftet. Vielleicht daß ich das jetzt erledigen sollte? Openings und closings, creditons und debitons, was bitte ist der Unterschied zwischen contrevaleurs und compte valeurs? Ein Guthaben mit sechs Nullen auf den Azoren ist nicht aufzufinden. Call your financial advisor today – yours truly Citybank Vienna. So wie ich hier sitze, schwöre ich, *meinem* Neffen, wenn ich ihn jemals haben sollte, nach *meinem* Ableben genau solche Schwierigkeiten zu bereiten, und zwar auf englisch, das schwöre ich.

Denn die dritte Papiermasse ist noch bedrohlicher. Da hat sich dieser Onkel einen bootsgroßen Schreibtisch bauen lassen – ich will nicht wissen, was er gekostet hat, vom Geschmack ganz zu schweigen –, um ihn mit zwei Tonnen beschriebenen Papiers vollzustopfen. Von ihm beschrieben! Ich übertreibe nicht, es ist mindestens eine Tonne, deutlich in des Onkels eigener kugeliger Handschrift, und zwar in Bleistift. Mein Gott:

Da gibt es mindestens zwanzig, wenn nicht mehr, Romane oder Romanentwürfe, oder was das ist, jeder bestimmt tausend Seiten dick und zwei Drittel davon wieder durchgestrichen. Gottseidank, möchte man sagen. Ferner entdecke ich, daß es von jedem noch mehrere Fassungen gibt, auch zum größten Teil durchgestrichen. Tagebuchblätter, es gibt ein Tagebuch, das ist natürlich interessant. Aber Werte, ich spreche hier von Werten, sind offensichtlich nicht inbegriffen: *»Gutes Geld«, Romanerzählung von Augustin Fajngold*, ein immerhin vierhundert Seiten starkes Manuskript. Selbst wenn man das Durchgestrichene abrechnet, dürfte man es wohl kaum als solches betrachten können. Es handelt von einem ganz armen Jungen, der sich sein Geld selber macht – ich ertappe mich, daß ich darin zu lesen beginne. Ich kenne meinen Thomas Mann, auch Heinrich Mann, Feuchtwanger und Fallada – das sind natürlich große Schriftsteller, aber wie der Onkel hier diesen ganz armen Jungen darstellt, diesen Schlingel, der aus reinem Spieltrieb bleierne Taler eigenhändig punzt, in dieser armen Erdhütte im vorigen Jahrhundert, das ist gar nicht so schlecht gemacht, meiner Ansicht nach. Ich habe das Manuskript nicht gelesen, nur darin herumgeblättert, aber wie er da schwerer und schwerer wird, reicher und reicher, nach und nach ein ganzes bleiernes Kirchendach verarbeitet, so daß schließlich die Verdammnis auf ihn herunterkommt und doch wieder nicht, weil er dem Kirchlein am Ende ein rein silbernes Dach verpaßt – man denke –, das ist zwar pathetisch, bißchen unbeholfen vielleicht und auch laienhaft, immerhin verbringe ich einen ganzen Vormittag damit.

Nein, das einzig wertvolle Objekt, das man überhaupt so bezeichnen kann, steht direkt vor mir auf dem Schreibtisch, direkt vor meiner Nase, nur daß ich es bisher übersehen habe: Die kleine Elfenbeinfigur, darstellend einen alten Mann, gebeugt unter der Last eines geschnürten Bündels. Wohl chinesisch oder japanisch, was immer, jedenfalls eine sehr feine und vor allem sehr teuer aussehende Figur, und ganz sicher aus Elfenbein, soviel verstehe selbst ich von diesen Dingen. Und wie ich noch nach einer Lupe suche, um das Objekt genauer zu studieren, bemerke ich, sozusagen im Augenwinkel, daß die Figur auf einem Briefkuvert steht.

Symbolisch.

Nur daß ich das Kuvert bisher übersehen habe, unbegreiflich, wie das möglich ist. So dicht und direkt vor der Nase. Als wäre von Geisterhand der Brief im Moment hereinpraktiziert worden. Oder soll ich noch weitergehen: Als hätte ihn der Onkel so deutlich und so auffällig in die Mitte gelegt, *damit* ich ihn übersehe. Daran glaube ich noch eher, am ehesten. Er lautet denn auch:

Lieber Neffe,

hier spricht Dein Onkel Augustin (er spricht aus dem Jenseits). Wenn Du diesen Brief findest – wahrscheinlich zu spät, weil er allzu offen daliegt –, wirst Du nicht nur ein für Deine Verhältnisse riesiges Vermögen geerbt, sondern auch schwere Arbeit geleistet haben, dieses aufzufinden. Dazu kann ich Dich nur beglückwünschen (er meinte wahrscheinlich das erstere, war mir aber nicht ganz sicher). Daß ich Dich übermäßig liebte, kann ich nicht behaupten, hege aber immer noch genügend verwandtschaftliche Gefühle – weit entfernt von Haß –, um Dir einen Haufen Geld zukommen zu lassen. Hier allerdings beginnt meine Sorge, den Haufen betreffend; Sorge, er könnte in falsche Hände geraten. Deshalb mußt Du Dich mit Andeutungen begnügen:

Suche nicht in den zweieinhalb Tonnen Papier, die in diesem viel zu teuren Arbeitszimmer aufgestapelt sind, obwohl ich weiß, daß Du sie trotzdem durchackern wirst. Überlege Dir vielmehr, was Du in diesem Haus gesehen und getan hast, Tag für Tag, so wenig sinnvoll es Dir erschienen sein mochte. Folge den Tagen und folge den Mühen. Auf diese Weise wirst Du vielleicht finden, was Du suchst, bevor es andere tun, das heißt, bevor es eine andere tut. Du weißt schon, wen ich meine!

Ein Tip: So wie es war, war es vielleicht doch nicht.

Dein Onkel

Schrullig genug, sollte man denken, aber was habe ich denn erwartet. Zum Haß reichte es nicht, auch bei mir nicht, obwohl ich schon eher Anlaß gehabt hätte. Doch was heißt hier Tag für Tag? Soweit ich rechnen kann, sind es mehr als dreihundert, die ich in diesem Haus wenig sinnvoll verbracht habe. Und dann waren sie nicht so, wie sie waren? Oder sie waren so, wie sie nicht waren?

Zu allem Unglück lasse ich schließlich die Elfenbeinfigur fallen, die, soweit ersichtlich, überhaupt das einzige Wertobjekt darstellt –, ich habe sie während des Lesens in der Hand gehalten, und als sie fällt, will ich sie fangen und – trete auch noch darauf.

Sagte ja schon, es war ein schwarzer Tag, nicht der siebte Siebte (nicht *der* siebte Siebte), aber auch einer.

2
Papier kleben

Ja, ich weiß, wen er meinte.

Als ich damals zum ersten Mal das Haus betrat, öffnete mir nicht der Onkel, sondern eine Frau in mittleren Jahren, untersetzt, kräftig und ohne ein Wort. Wies mich vom Treppenhaus in ein fensterloses rundes Gemach, wo ich auf einer Art Sesselbank Platz nehmen sollte, das Gepäck neben mir. Es roch merkwürdig nach geputzten Steinen, das weiß ich noch. Nach längerem Warten kam nicht der Onkel, sondern wieder die schweigsame Dame und führte mich eine Treppe höher in eine Kammer mit einem Fenster am Kopfende. Mir fiel aber auf, daß wir diesmal nicht das große Treppenhaus benutzten, statt dessen ein kleineres engeres, vor allem dunkleres, ohne gestirntes Glasdach.

Also gut, die mir angewiesene Kammer hatte durchaus westlichen Standard, soweit ich das beurteilen konnte, ganz moosgrün in moosgrün, es gab ein Waschbecken mit beleuchtetem Spiegel, ein Bett mit Kopfteil und sogar einen kleinen Fernseher, der auf einer Wandhalterung stand, auch die Beleuchtung hatte Standard, kleine Lämpchen auf beweglichen Sockeln, trotzdem war ich ziemlich enttäuscht. Ich hatte mir das alles familiärer vorgestellt, viel empfangsmäßiger, wo war der Onkel? Ich hatte nicht erwartet, daß er mich vom Bahnhof abholte, zumal ich den Grad seiner Gebrechlichkeit nicht kannte – immerhin mochte er um die Siebzig sein –, aber so gar kein Onkel Augustin?

Statt dessen erschien wieder die Dame, trat, ohne anzuklopfen, ein, ein paar Handtücher über dem Arm, ratterte etwas auf dem Glasbord über dem Waschbecken, ging dann zum Bett, um eine Decke einzuziehen, dabei stemmte sie sich gegen das Bettgestell, so daß dieses danach handbreit verschoben stand. Ging zweimal der Länge nach durch die Kammer, der Boden ächzte – ich stand derweil an der Wand –, donnerte ein wenig mit den Bügeln im Schrank und ging.

»Sie ist nicht sonderlich erbaut«, sagte ich zu der geschlossenen Tür, »von meinem Besuch.« Und eigentlich dachte ich, sie sei schon fort, hatte auch leise gesprochen. Sie öffnete die Tür aber wieder, eine robuste, wie soll ich sagen, eine fast sozialistische Dame. Schaute mich an und nahm zwei von den vier Handtüchern mit sich.

Nicht sehr glücklich, wie mir schien.

Ich machte es mir dann ein bißchen bequem, zog meine Jacke aus (zog sie wieder an). Auf der Suche nach einem Badezimmer oder Klo ging ich durch den Flur, durch eine Tür in einen zweiten Flur, stellte fest, daß sich die Türklinke zwar von der einen, nicht aber von der anderen Seite her bewegen ließ. So gelangte ich wieder in das kleine, nein, in das große Treppenhaus, dort sah ich die Dame die Stufen wischen.

Also! Auf dem Rückweg fand ich mich überraschenderweise in dem runden fensterlosen Raum, der diesmal allerdings schattig grün (statt steingrau) tapeziert war; somit gab es zwei übereinanderliegende Rotunden, wenn man so sagen wollte, möglicherweise eine dritte, eine Etage höher. Überlegungen, die sich mir nebenher aufdrängten. Beim Verlassen der »Rotunde« bemerkte ich, daß die Tür nur eine einzige Klinke hatte, nur innen, nicht außen, ich meine die Tür, durch die ich hinausging, nicht durch die ich eintrat. Ich sehe, ich verharre schon zu lange bei den Baulichkeiten, die sich allerdings noch als bedeutungsvoll erweisen sollten; der Onkel sagte später einmal: Ein Haus ist wie ein Mensch, Zimmer und Gänge entsprechen seinen Innenräumen, er meinte es geistig. Nun ja. Danach hätte der Onkel ein allerdings etwas verbautes Inneres gehabt.

Er erschien übrigens auch nicht zum Abendessen. Ich saß allein in dem langen Speisezimmer, dessen Kopffenster auf einen Hof blickte, wiederum eine Etage tiefer, aß ein komplettes Mahl, eine Scheibe Braten, gewärmtes Gemüse, Mohrrüben und Schoten, sowie Fruchttee. Der Onkel also war plötzlich verreist, wurde erst am nächsten Tag zurückerwartet, wie die Dame erklärte, dabei entdeckte ich – als ich genauer hinsah – Spuren einstiger Liebenswürdigkeit in diesem Gesicht, sogar Liebreiz?

Wenigstens die Matratze war gut. Ich habe überhaupt festgestellt, daß wirklicher Standard sich nicht unbedingt von außen zeigen muß, oder besser, daß gerade die Unsichtbarkeit diesen überhaupt ausmacht. Den *glitz* hatten wir ja erwartet, die seiden überzogene Matratze, aber daß es sich auch noch so gut liegt! Ich spreche hier natürlich vom westlichen Standard und erinnere mich bei dieser Gelegenheit an eine ganz andere Matratze, nein, nicht in Schwerin, es war in Hagenow, in meinem ersten Jahr in der Molkereifachschule. Ein Winter ohne Schnee, trotzdem war es kalt, alles zugefroren, auch die große Pfütze vor dem Eingang.

Ich teilte eine ungeheizte Kammer mit Rudi, der eigentlich zu alt war, um noch die Fachschule zu machen, dreiundvierzig, ein in meinen Augen fast toter Mann. Nachts schlief er mit offenem Mund, und da er eine Gaumenspalte hatte, heulte er im Schlaf wie ein Wolf, »Wolfsrachen«, glaube ich, nennt man so etwas, eine Verbindung zwischen Mund und Nase. Die tagsüber von einer Prothesenplatte abgedeckt war. Für die Nacht aber nahm Rudi das rosa Ding heraus und tat es in ein Wasserglas, wo es ruhte, nachts, mit ausgebreiteten Schwingen. Ich nannte es den »Pteriopterix« und fürchtete mich. Während Rudis befreiter Gaumen zu heulen begann, vielleicht gar nicht so laut, doch in der Stille der Eisblumen im fahlen Licht eben doch sehr laut. Dazu war meine Decke dünn, die Kleider hatte ich obenauf gelegt, und am Morgen war das Waschwasser in der Schüssel gefroren.

Hatten wir uns beklagt? Nö. Eigentlich nicht. Es gab einen Witz, über den wir herzlich lachten, die Ost- und die Westhölle: Wo es denn nun besser sei, doch wohl in der Westhölle?

Menschenskind auf keinen Fall, geh bloß in die Osthölle, die ist viel besser!

Und wieso?

Na, Menschenskind, mal haben sie keine Kohlen, mal ist Stromsperre, und mal ist das Gas weg!

Dabei gab es sogar Kohlen, nur keinen Ofen auf der Bude. Meine Flamme war Anneliese Preuß, Tochter des Hausmeisters, und es war eine helleuchtend steile Flamme, die erste in meinem (ersten) Leben: Ich wollt', es wär' Nacht und die Preußin käme. Manchmal war Rudi sogar bereit, aushäusig zu sein. Aber die Decke war dünn, die Matratze klumpig mit einem besonders hartnäckigen Klumpen genau in der Mitte, genau in der Mulde. Dazu heulte Rudi wie ein Wolf, ich meine, wenn er nicht aushäusig war. Liebe? Liebe wahrscheinlich auch, aber es war wohl eher Wärme unter der Decke, ein Fitzelchen Wärme in der Welt. Allein um solcher Erfahrung willen, sollte ich eigentlich einen großen Vorsprung haben, um die Segnungen jetzt zu würdigen.

Aber was soll ich sagen, in dieser ersten Nacht träumte ich quälend von Schachteln, einer in der anderen, ziemlich lange und erschöpfend. Ein Einpacktraum: Einpacken und verreisen bis in den Morgen. Dann am Ende des Traums sang ein Vogel auf dem Baum im Hof.

*

»In dieser Welt«, sagte der Onkel, »überlebt der Mensch nicht!«

Er war also am frühen Morgen überraschend von seiner Reise zurückgekehrt, saß, angetan mit einem wattierten Morgenmantel, am Frühstückstisch und löffelte ein Ei.

»Es überlebt eine Spezies, die sich nicht näher spezifizieren läßt«, erklärte er, »Menschen jedenfalls scheinen es nicht zu sein, oder bist du anderer Meinung, Karl?«

»Ja, das heißt, nein.«

Ich meine, es kam etwas überraschend. Ich hatte mir gedacht, korrekt aufzutreten, zuversichtlich mit einem Hinweis auf berufliche Fähigkeiten, nicht wahr, nicht zuviel Schwerin (wie wir alle rübergemacht sind), andererseits Schwerin genug, um den

Mann nicht zu enttäuschen, und nun hatte ich mir am frühen Morgen nicht einmal eine Krawatte umgebunden. Man versteht, daß ich mich in einer Art Panik befand. Und der Onkel betrachtete mich denn auch mit Vorsicht, wie ein Insekt, das er nicht ganz einordnen konnte –, anscheinend war ihm bisher wenig Verwandtschaft, sicherlich keine Ostverwandtschaft untergekommen. Winkte mich schließlich auf einen leeren Stuhl, wo ich nun saß, mit Kaffee und Frühstücksei versorgt, um seinem Vortrag zu lauschen.

»Eine merkwürdig mittelmäßige, mittelgroße, mittelgraue Spezies, die alles hinmacht, was ihr nahekommt, oder stimmst du mir nicht zu, Karl?«

»Doch, das heißt, ja, Onkel.«

Ich hätte mir für dieses Antrittsgespräch vielleicht ein anderes Thema vorgestellt, vielleicht Verwandtschaftsverhältnisse betreffend, ersten oder zweiten Grades (was macht denn die Susanne), oder gar was meine künftige Tätigkeit anging? Dabei war der Onkel nicht einmal unfreundlich, nur schien er an diesem Morgen von seinen Ausführungen voll in Anspruch genommen. Während mir eine Ahnung kam, es werde weitere Morgen mit künftighin noch weitergehenden Ausführungen geben. Deshalb stimmte ich, mein Ei essend, ihm zunächst einmal zu. Daß es sich um eine merkwürdig mittelgraue Spezies handele.

»Die alles hinmacht.«

»Die alles hinmacht«, stimmte ich zu.

»Der Mensch dagegen hat keine Chance.«

Gar keine.

»Es sei denn!« hier hob er den Löffel, »es sei denn, er camoufliert, reduziert sich auf Mittelhöhe und verstopft sich die Ohren«, er zog den Mantel um sich, »ansonsten geht er an reiner Kartoffelmusik zugrunde, auf allen Kanälen.«

Was darauf hinwies, daß der Onkel Fernsehteilnehmer sein mußte. Oder war ich nicht seiner Meinung. Dieser Mantel übrigens war ein Prachtstück, reine Seide, soweit ich das beurteilen konnte, und offenbar federleicht. Eigentlich sah ich mehr den Mantel an als den Onkel, außen dunkle Nebelfarbe, innen ein Blattmuster in leuchtenden Gelbtönen, die bei zufälligen Bewegungen hier und da hervorbrachen, und ich hatte die Vision, eines Tages auch so einen Mantel zu tragen, auch über die Menschheit zu reden – innen Feuer und Rauch, außen elegantes Grau, meine künftige Tätigkeit betreffend?

»Nehmen wir Frau Stumpe hier«, rief der Onkel aus, »sie ist das beste Beispiel, sie überlebt in hohem Maße.«

Von der Küche her blickte Frau Stumpe mißtrauisch durch die Tür, als hätte sie etwas gehört, das sie betraf. Schepperte dann eine Weile lang besonders laut mit dem Frühstücksgeschirr, hörte auf zu scheppern und blickte durch die Tür.

»Stumpe schmeißt hier den Laden«, erklärte er, »sie ist diejenige, die bestimmt, was schmeckt und was nicht schmeckt. Kohlrouladen oder nicht Kohlrouladen, und die...«, sagte er etwas leiser, »...mit den Töpfen schmettert, wenn ihr etwas nicht paßt, und zwar auf eigene weibliche Weise – oder sagen wir, mit den Mitteln, die ihr zur Verfügung stehen.«

So daß wenigstens dieser Punkt geklärt war. Nicht daß ich mich ernstlich beunruhigt fühlte oder verbittert, aber doch etwas sprachlos. Indessen Frau Stumpe mit dem Tablett hereinkam und den Tisch abräumte, auch meine noch halbvolle Kaffeetasse und den Teller mit dem angebissenen Brötchen. Dabei stemmte sie ihren Schoß gewaltig gegen den Tisch, daß dieser danach um eine Handbreit verschoben stand.

»Der Mensch aber«, rief der Onkel aus, »überlebt nicht.«

*

Meine Tätigkeit in den nächsten Tagen war denn auch begrenzt. Ich verteilte meine Utensilien, hängte die Kleidung in den Schrank, ich erhielt einen eigenen Hausschlüssel, lief die Straße nach beiden Seiten ab und erkundete den Reichenbachplatz. Ich war pünktlich zu den Mahlzeiten anwesend, die in einem nach vorne liegenden langen Eßzimmer eingenommen wurden und bei denen auch der Onkel zugegen war. Dabei fällt mir ein, daß ich mich noch nicht über sein Äußeres ausgelassen habe. Er war also sehr hager, sehr groß, Haare hatte er wie ein weißer Reiher, erinnerte auch sonst an einen Stelzvogel, einen tragisch verwandelten. Mit einer riesigen, im Endstück nach unten gebogenen Nase, einer schönen hohen Stirn und schönem festen Mund. Jemand, der ihn zum ersten Mal sah (ich), mußte denken: Mein Gott, Goethe! Goethe in einem merkwürdig langen flatternden Anzug, der immer schwarzgemustert war. Von mir schien er zunächst nicht viel mehr zu erwarten, als daß ich die Straßen ablief und den Reichenbachplatz erkundete. Doch, eine Tätigkeit darf ich vermerken, wenn sie mir auch reichlich unsinnig erschien: Ich klebte einen Vormittag lang Papierbögen.

– – –

Ja, ich denke, ich sollte es erwähnen. Am dritten Tag führte mich der Onkel in ein Kontor im zweiten Stock. Etwas kompliziert, dorthin zu gelangen, wir benutzten das große Treppenhaus, dann einen Gang, eine kleine Treppe hinauf und dann wieder hinunter, es war aber eindeutig das zweite Stockwerk, wo sich das Kontor befand:

Von einem Hoffenster schlecht beleuchtet, dafür ausgestattet mit mehreren Arbeitsleuchten. Der Tisch mit Hartgummiauflage, einer Batterie von Flaschen, Klebstoff offensichtlich, und einer Gummiwalze. Probeweise mußte ich zwei Bogen weißen Papiers aufeinanderkleben, aber so, daß keine Blasen entstanden, der Onkel zeigte mir, wie. Ein Kinderspiel. Nach einer halben Stunde hatte ich zirka dreißig Bögen versaut, entweder waren sie schief aufeinandergekommen, oder sie hatten irgendeine Falte oder Blase.

Habe ich erwähnt, daß ich dieser Tätigkeit keinen große Sinn beimessen konnte? Der Trick aber – der Onkel zeigte ihn mir – war der, den Klebstoff äußerst dünn und gleichmäßig aufzusprühen. Einen Klebstoff übrigens, den es im Handel gar nicht gab, wie mir der Onkel versicherte, da beim Sprühen die Düse verkleben würde. Den es aber doch gab (im Westen gibt es alles).

Ich verrate einmal die Quelle: Collagen X-100 von Schwarzkopf, Mannheim, nicht daß sie viel nützen würde, da das Produkt dort angeblich nicht hergestellt wird – ich erwähne es nur zur Information. Aber will man mir glauben, daß ich nach einer weiteren halben Stunde Ehrgeiz entwickelte? Sogar eine gewisse Fertigkeit, so daß ich zu meinem größten Erstaunen plötzlich einen perfekten Bogen in Händen hielt – fein gesprüht und fein gewalzt –, dem man beim besten Willen nicht anmerkte, daß er aus zweien bestand? Der nächste Bogen hatte dann wieder eine Blase.

*

Er wollte mir sogar ein monatliches Gehalt zahlen. Großzügigerweise. Um so großzügiger, als ich mir beim besten Willen nicht denken konnte, wofür. Es war ein paar Tage später, als er mich in sein Arbeitszimmer bat, das mich beim Eintritt, offen gestanden, etwas bedrückte. Ich sagte bereits, daß es von schwerer Ausstattung war, auf beiden Seiten mit Säulenreihen bis zur Fensterfront ausgestattet, sieben mahagonirote Säulen auf der einen, sieben auf der anderen Seite. Dazwischen waren Bücherschränke oder Aktenschränke eingebaut, sechs rechts, sechs links, jeder mit antikem Giebel, zwei Kolonnaden sozusagen, an deren Ende der Onkel hinter seinem Schreibtisch saß. Stelle man sich jetzt noch den Schreibtisch vorgewölbt wie ein Boot vor sowie eine schwere gewölbte Decke darüber, so wird man ungefähr meine Bedrückung verstehen.

Man verstehe mich aber nicht falsch, ich war weit davon entfernt, Onkels Geschmack zu kritisieren, ich weiß, was Renaissancestil ist, und ich erkenne Gediegenheit, wenn ich sie sehe – selbst in Schwerin war eines Tages der Historismus wiederauferstanden, das preußische Erbe. Was aber sollte, um Gottes willen, den Onkel veranlaßt haben, ein halbes Dutzend Lämpchen in Form von Fäusten aufzustellen? Zum Beispiel. Dabei zeigte er sich an diesem Morgen von seiner besten Seite, und ich sollte mich wirklich nicht beklagen.

»Na«, sagte er, »wieviel hast du dir denn gedacht?«

– – –

»Du mußt dir doch etwas gedacht haben. Tausend?«

Vielleicht, daß ich ein hoffnungsvolles Gesicht gemacht hatte, denn der Onkel studierte es sorgfältig, nickte dann:

»Also zweitausend.«

Genauer gesagt rechnete ich immer noch Ost in West um – eigentlich heute noch –, und als mir nun der Onkel diese Summe nannte, rechnete ich mal vier, und da war es eine ungeheure Summe. Der Onkel ging zum Schrank, öffnete ein Fach und entnahm ihm ein, zwei, drei... es waren zehn Packen, die er entnahm, die er einen Augenblick lang in der Hand wog, ehe er sie vor mir auf den Tisch legte.

»Zweitausend.«

Ich traute mich kaum, es zu glauben. Es waren zehn Packen von je zehn Zwanzigmarkscheinen, daher der große Haufen, der vor mir auf dem Tisch lag. Der Onkel hätte mir natürlich besser einen Scheck geben sollen, aber dies war es wohl, was er gerade zur Hand hatte, einhundert Zwanziger. Also legte ich die Packen alle aufeinander und versuchte, sie in meiner Jackentasche unterzubringen, bedankte mich herzlich.

»Aber sei vorsichtig damit«, mahnte der Onkel.

Wieso?

»Ich meine: Nicht alles auf einmal ausgeben!«

Das hatte ich bestimmt nicht vor, vielmehr gedachte ich, einen Sparstrumpf anzulegen und mit jedem Schein zu geizen. Lassen Sie mich umrechnen. Heute weiß ich, was die Schwere, ich meine die wirkliche Schwere in Onkels Arbeitszimmer ausmachte, nicht die Kolonnaden und die gewölbten Decken, es war das Geld, das ich kriegen sollte. Wie er da zum Schrank gegangen war, wie er das Fach geöffnet und – lassen Sie es mich sagen – zehn Packen Zwanziger in gebrauchten Scheinen entnommen hatte, das war, also, das war schwer. Oder waren es sogar zwanzig Packen Zehner, jetzt kann ich mich gar nicht mehr genau erinnern, jedenfalls lag da noch erheblich mehr aufgestapelt (in kleinen gebrauchten Scheinen?). Heute weiß ich, was das war: eine Bank! Onkels Arbeitszimmer sah wie eine Bank aus, und es war eine Bank, aber eine von früher, gediegen und sicher, ein sicheres Gefühl. Wenn draußen Stürme und Revolutionen durch die Straßen fegten, herrschte hier drinnen Onkels Mahagonibeleuchtung. Allein der löwenfüßige Stuhl, in dem er saß, schien so unverrückbar festzustehen, so eisenfest wie die Bank von England. Als hinge das Leben davon ab. Und das traf ja in gewissem Sinn auch zu, »The Bank of Gudrunstraße Nr. 17«.

Ich darf hier einmal seine Geschichte vom Kinogehen erzählen, die ein bezeichnendes Licht auf ihn wirft – ich habe den Onkel nie wirklich verurteilt, ich glaube, er war nie ganz schlecht, nur einsam, ein zutiefst einsamer Mensch. Er hatte seine Geschichte »Die zunehmend engeren Grenzen des Films« genannt, ich würde sie eher als den sicheren Kinostuhl betiteln. Es muß dies in seinen jüngeren Jahren eine wöchentliche Leidenschaft gewesen sein, hingegeben muß er da auf seinem Platz gesessen haben, ganz in den schwarzen Kriminalstädten anwesend, ganz in den grünen Tropensümpfen und den rotgoldenen Kolosseen – völlig absorbiert von der rechteckigen Dimension. Und ich spreche hier nicht vom »guten« Film, ich spreche vom Film. Eine echte Zuschauerbegabung.

Bis eines Tages.

Das ist der eigentliche Anfang der Geschichte. Bis er also eines Tages den Ellenbogen spürte. Da war er schon etwas älter, sagen wir dreißig. Der Nachbar, ein unbekümmerter, wahrscheinlich sehr netter Mensch, der nicht gewahr wurde, daß er die ganze Armlehne für sich beanspruchte, bedrängte den Onkel mit dem spitzen Ellenbogen. Was dieser kaum bemerkte, da er sich inmitten der »Blutigen Diamanten« mit Burt Lancaster befand, nur so nebenher den Ellenbogen wegschob, der auch sofort zurückgenommen wurde. Aber er bemerkte ihn eben doch, es war das erste Mal. Und in der sehr aufregenden Szene, in der Burt Lancaster zu einem Pulp zusammengeschlagen wird – man erinnert sich –, spürte er ihn zum zweiten Mal.

Nun war der Onkel damals noch sozial unbeschädigt. Er glaubte noch an die Ordnung und daß die Menschheit seinen Platz in der Welt respektierte, in diesem Fall seinen Kinoplatz. Deshalb nahm er es nun persönlich, daß er gestört und von seiner Leinwand abgezogen wurde, zumal Burt dort vorne einen fabelhaft kurzen Haarschnitt trug, den er schon fast selber hatte. Schob den Ellenbogen unwillig zurück, das nächste Mal noch unwilliger. Bis zu der Szene mit dem miesen Polizeichef, die, für sich genommen, sowieso Aggressionen weckte – da sah er es nicht mehr ein.

Es war Onkels wirklich schwarze Stunde, der Beginn eines langen Marsches, bis heute. Da die Armlehne für zwei berechnet war, ihm zumindest die Hälfte zustand. Man denke, während der ganzen eindrucksvollen Szene im Bergwerk, die ja ausschließlich für ihn stattfand, drückte er auf einen Arm? Auf einen gottverdammten Ellenbogen? Übte, während sein Diamantlager Stück für Stück volle fünfzehn Minuten lang in die Luft ging, Druck auf einen Nachbarn aus, so daß er sich am Ende im Besitz der gesamten Armlehne befand.

Aber unter welchen Kosten.

Nie mehr, in Worten, nie mehr konnte er sie danach ganz vergessen, die Armlehne. Nie mehr ganz hingegeben in seinem Kinostuhl sitzen. Nicht in den »Vierzig Tagen von Peking« und nicht im »Cry of the City«. Vorübergehend vielleicht, aber nie mehr ganz. Er hatte seine Unschuld verloren. Selbst harmloseste Kinobesucher, schmächtige Brillenträger, Leute in zu engen Anzügen wurden von nun ab argwöhnisch betrachtet, wenn sie Platz nahmen. Einmal blies er einem alten Mann, der kaum achtzig Pfund wog und die Arme schon aus Gebrechlichkeitsgründen eng am Körper hielt, während des ganzen ersten Teils von »Quo Vadis« seitlich ins Ohr. Mehr noch, er erfand eine besondere Technik, indem er den Mund rechts außen zur Röhre formte, um im Winkel zu blasen. Zugegeben, der arme Mann hatte ein wenig nach Urin gerochen, aber er wiederum vermutete einen Geisteskranken neben sich, so daß er nach dem Intervall zum zweiten Teil nicht mehr erschien.

Territorialansprüche.

Es gab sogar zwei oder drei offene Schlachten, bei denen von beiden Seiten so heftig gedrückt wurde, daß körperliche Erschöpfung die Grenze setzte und die Lehne schließlich geteilt wurde. Ich sage von beiden Seiten, denn es mußte ja geschehen, daß der Onkel auf jemanden traf, der womöglich auch seine Unschuld verloren hatte. Einmal – es war wohl das letztemal, daß er überhaupt jemanden neben sich duldete – gab es einen regelrechten Zweikampf mit allen schmutzigen Tricks, sogar ein spitzer Bleistift soll im Spiel gewesen sein. Im rechten Ärmel des Onkels. So daß der gesamte sehr schöne »Lohn der Angst« von Anfang an verdorben war. Ja, der Onkel erinnerte sich hinterher nicht, ihn überhaupt jemals gesehen zu haben, und nur durch Nachfragen zum Beispiel der ersten Szene, in der die Kellnerin beim Bodenwischen unvergeßlich mit dem Hintern wakkelt, was sich selbst dem voll engagierten Onkel eingeprägt hatte (ich komme noch darauf zurück), konnte ich ihn davon überzeugen.

Künftighin aber richtete er es ein, daß er zwischen zwei leeren Plätzen zu sitzen kam. Besuchte deshalb Nachmittagsvorstellungen, die nicht voll besetzt waren – Kindervorstellungen waren ein anderes Kapitel –, bald war ihm ein leerer Platz rechts und links nicht genug, es mußten zwei sein, und es kam der Tag, an dem auch hinter ihm niemand sitzen durfte, vor ihm auch nicht. Ein kleines beschämendes Zwischenspiel in »Weites Land«: Der Vordermann quatschte mit seinem Nachbarn. Ununterbrochen. Onkel stieß mit dem Knie gegen die Rückenlehne, mit dem Fuß unter die Sitzfläche, er hustete dem Mann aus nächster Nähe in den Nackenansatz. Nichts zu machen. Der ertrug all dies und quatschte.

Als das Licht anging, mußte Onkel Augustin feststellen, daß sein unseliger Vordermann versucht hatte, einem Blinden neben sich den Film »sehen« zu machen. Das allerdings war beschämend. Nicht daß er deshalb ein schlechtes Gewissen gehabt hätte. Doch! Er hatte eines, was ihn aber nicht an weiteren Exzessen hinderte.

Territorien.

Zwei leere Reihen vorne und zwei hinten?

Ein halbleeres Kino, in dem die leere Hälfte dem Onkel gehörte? Ganz vorne sitzend und sich den Hals verrenkend.

Meiner Meinung nach hätte man die Symptome gar nicht ernst genug nehmen können. Man freut sich doch gemeinsam im Kino – ich meine, wir haben schließlich auch etwas gelernt –, Prügeleien, Gewaltritte, da freut man sich doch um so mehr, wenn auch der Nachbar sich freut. Haut sich gegenseitig auf die Schenkel, ja, wenn man will, auch mal mit dem Ellenbogen in die Seiten. So ist das nämlich.

Aber so?

Wie, wenn der Onkel danach nur noch ganz schlechte Filme sah, die niemand sehen wollte? So daß niemand hinging?

*

Nach solchen Geschichten wird man sich kaum noch über Sicherheitsvorrichtungen im Hause wundern, ich deutete derartiges schon an. Man hätte sie vielleicht als Verschrobenheit abtun können, Verschrobenheit fortgeschrittenen Grades, so aber war es wohl bitterer Ernst – ist man soweit in die Psyche des Onkels vorgedrungen. Eines Tages kam ich früher als geplant von einem meiner Stadtgänge zurück – bei »Runkes« nichts Neues –, kam nach Hause und stand vor verschlossener Tür.

Das heißt, ich hatte ja einen Schlüssel und versuchte aufzuschließen, doch die Tür klemmte oder war von innen verriegelt, jedenfalls gab sie nicht nach. Ich klingelte. Ohne Erfolg. Man weiß, es gab da noch Mauser, Hartenberg, Kalanke mit eigenen Klingelknöpfen, es gab sogar einen antiken Klingelzug mit Kette und Porzellangriff, auf dem »Klingel« stand, – aber das waren alles Attrappen, wie man weiß. Die einzig hörbare Klingel war die von Fajngold, und da rührte sich nichts.

Was nun! Ich hatte mich für fünf angekündigt, jedenfalls nicht vor fünf, und jetzt war es drei. Schuld war »Runke«, der seit meinem letzten Besuch sowohl im Hauptgeschäft (Runkes Modelleisenbahnen) als auch im Lager in Rahmsdorf nichts Neues hatte. Es ging mir nicht so sehr um die Modellbahnen – um die auch – als um das unglaubliche Zubehör, das man dort sah, die altmodischen Wärterhäuser, die Bekohlungsanlagen, Brücken und Gepäckrampen, die Bahnhöfe »Schwetzingen« oder »Nauen«. Besonders raffiniert war englisches Zubehör, von Haus aus noch einen Grad altmodischer, mit Details, wie wir sie uns gar nicht ausdenken können. Aber ich schweife ab, ich habe eine Stunde vor dem Haus gewartet. Klingelte von Zeit zu Zeit, denn sie hätten ja schlafen können, einmal zog ich sogar an dem »Klingel«zug, für alle Fälle, aber der schien festgerostet, bewegte sich nicht. Gegen halb fünf endlich kam der Onkel mit Frau Stumpe um die Ecke, beide mit Paketen beladen, ich hätte nie gedacht, daß mich ihr Anblick so erfreuen würde. Und die Erklärung: Mit allen Bewohnern außer Haus war die Tür blockiert, und zwar durch einen Eisenbarren, der in Brusthöhe innen quer vor der Tür lag.

Da hätte ich lange aufschließen können.

Und der erst hochgezogen werden mußte, der Barren, bevor die Tür aufging. Der Onkel zeigte mir, wie, indem er den Klingelzug zog, aber der war doch festgerostet. Eben nicht. Der Onkel zog oben eine kleine Lasche, und dann zog er den Klingelzug mit der Aufschrift »Klingel« ganz leicht durch, und siehe, der Barren hob sich innen. So leicht ging das. Ich probierte es mehrere Male, von innen und von außen, und dann gab ich zu bedenken, daß es doch von jedermann zu bewerkstelligen sei, wenn es so leicht ging.

Eben nicht.

Weil niemand auf den Gedanken kam, wie an meinem Beispiel deutlich wurde. Ich aber, für meinen Teil, hatte einen tiefen Einblick bekommen, ich meine: Es hatte Methode. Die einseitigen Klinken kennen wir bereits – ihr Zweck ist mir heute noch nicht ganz klar, außer daß sie den Besucher vielleicht im Kreis herumführen sollten –, den falschen Ausgang allerdings noch nicht. Gab es doch im ersten Stock tatsächlich einen Ausgang zur Straße, obwohl das ja nicht gut möglich war. Drei Stufen hinauf, drei hinunter, ein langer Gang, und am Ende befand sich eine von innen verschlossene Haustür, die wahrscheinlich auf die blanke Ziegelwand führte. Was aber niemand wissen konnte, denn die Haustür im Parterre war auf der Innenseite genauso verschlossen. Ich meine jetzt den richtigen Ausgang – auch ein Spielchen des Onkels: Der Besucher kam zwar hinein, aber nicht mehr hinaus.

Das sollte doch nachdenklich stimmen. Ich möchte nicht übermäßig psychologisieren, steht mir auch nicht zu, und es ist sehr gut möglich, daß hier ein Spielchen nur um des Spielens willen betrieben wurde, l'art pour l'art sozusagen, aber nun kam ich eines Tages wieder einmal zu früh nach Hause, wieder von einem Stadtbummel, als niemand öffnete.

Ja, ich wußte, wo die verdammte Lasche war und wie man sie zog, damit man die »Klingel« ziehen konnte, doch als ich eintrat – mache ich mich verständlich? –, als ich diesen äußerst schwierigen Eintritt bewerkstelligt hatte, kam der Eisenbarren auf mich herunter. Nein, ich muß es wiederholen: Also den Sperrmechanismus kannte ich, und ich kannte die Lasche, die den Klingelzug zurückhielt, der ganz durchgezogen den Eisenbarren hochwuchtete, der dann hochgewuchtet, als ich eintrat, aus seiner Halterung auf mich herunterkam. Weil – es ist einfach grauenhaft – ich die zweite Lasche nicht vorgeschoben hatte, die ihn zurückhielt.

Weil es mir niemand gesagt hatte.

Instinktiv muß ich vorgesprungen, gerade noch am Eisenbarren vorbeigeschrammt sein, um schließlich auch noch den Stolperdraht durchzureißen, der, wie ich eigentlich wissen sollte, quer vor der Treppe gespannt war (wußte ich doch, wo er sich befand). Der Erfolg war durchgreifend. Sirenen schallten laut im Treppenhaus, ein Topf mit Farbe löste sich von der Decke, und draußen vor der Tür sammelten sich die Nachbarn, denen das offenbar nichts Neues war. Als der Onkel mit Frau Stumpe schließlich heimkam – beide trugen Pakete im Arm –, hatte sich der Auflauf verzogen. Der Onkel erklärte aber, daß ich noch von Glück sagen konnte, anscheinend hatte sich der Farbtopf doch nicht gelöst, es hätte eine furchtbare Schweinerei gegeben. Das gab der Onkel zu, auch daß solche Schnappfallen natürlich verboten waren, gab er auch zu. Er beabsichtige sowieso, die Anlage zu verfeinern, etwa die Sirene durch künstliches Hundegebell zu ersetzen...

Hier zwinkerte er mir zu.

...welches zwar als künstlich zu erkennen sei, woraufhin sich aber eine Klappe öffnen solle, wo ein wirklicher Hund erschiene, ein eiserner. Eiserner? Ja, wie Eisen, er beißt wie Eisen, ist aber ein wirklicher Hund. Manchmal war es mir unmöglich, den Onkel ernst zu nehmen, er trällerte dabei aufmunternd, jawohl, er hatte geträllert:

»...beißt wie Ei-eisen.«

*

Böse eigentlich nicht. Merkwürdig ja, sehr merkwürdig, vielleicht sogar überflüssig und bestimmt nicht von großem Nutzen für die Menschheit. Es könnte sein, daß ich voreingenommen war: Mittlerweile klebte ich das wohl tausendste Bogenpaar, und wenn ich den Tagen folgen soll, muß ich leider sagen, daß sie keineswegs ermutigend waren. Jeden Tag kalte Klebestube, Leimgeruch, anfangs nach Mandeln oder abgestandenen Mandeln, später roch es nur noch faul, so daß ich den Geruch selbst beim Essen nicht los wurde. Was war das, eine Emulsion?

Eine Lösung auf Spiritusbasis, ein Knochenprodukt, was hatte Schwarzkopf sich dabei gedacht? Das Schlimme war, daß es eigentlich nur wenig roch, dafür aber, durch die Zeit potenziert, um so durchdringender, vor allem unabwendbar.

Und das Licht! Überall im Haus herrschte anspruchsvolles Dämmern, italienisch irgendwie. Nur im Klebezimmer nicht. Dort herrschte einfach schlechte Beleuchtung, so daß ständig eine oder zwei Lampen brennen mußten. Überall wunderschöner Morgen, seidig blaue Streifen am Himmel und goldener Widerschein in den Fenstern, nur nicht im Klebezimmer, hier kalte Hofmauer. Und am Nachmittag, wenn die Sonne vielleicht herumgekommen wäre, trug ich Päckchen zur Post.

Der tausendunderste Bogen. Will man es glauben, er war perfekt, er war so perfekt, daß ich hätte weinen mögen, denn von nun ab machte ich nur noch perfekte Bögen. Ich hatte es gelernt. Es kam der Tag, da der Onkel meine perfekten Bögen studierte und sie einen nach dem anderen, behutsam fast, aufeinander legte, um dann den Stapel mit ernster Miene in der Hand zu wiegen.

Denn nun brachte er »richtiges« Papier. Original verpackt aus dem Haus Vermeugen, ich gebe hier die Marke preis, das Schreibpapier mit dem teuren Wasserzeichen: Zwei Türme und die Schrift Vermeugen in der oberen Ecke. »Wir kennen und schätzen es.« Nur daß dies hier die Version ohne Wasserzeichen war, eine dünnere, durchsichtigere und womöglich noch teurere. Die brachte der Onkel mit großer Geste, als ob es sich um etwas Verbotenes handelte. Handelte es sich auch, im gewissen Sinne. Ein glattes, sehr feines Papier, leicht pergamentartig getönt und von ausreichender Festigkeit. Die, so bedeutete der Onkel, durch Aufeinanderkleben zweier Bögen natürlich noch erhöht wurde.

Doch zu welchem Zweck.

– – –

Mit welchem Hintergedanken? An dieser Stelle sollte ich eigentlich stutzen, ich meine, bis hierher bin ich ja brav gefolgt, so wenig sinnvoll mir meine Tätigkeit erschienen sein mochte, bin ich nun plötzlich klarsichtig geworden? Man sieht mich erst langsam, dann schneller die Treppe zum zweiten Stock hinaufsteigen, zum Klebezimmer, das ich seit langer Zeit nicht mehr betreten habe. Was suche ich denn hier, einen Wegweiser, einen Lageplan, geheime Kontonummer unter der Tischplatte? Frau Stumpe übrigens ist zur Zeit im Hof beschäftigt, wo ich am Morgen zwei Löcher gegraben habe, eines bei den Eiben an der Mauer und eines hinter dem einzigen Baum, wo die Steinplatten eine Lücke aufweisen. Nicht, daß sie da etwas finden wird. Also, klarsichtig wäre zuviel gesagt, doch zumindest mit einer

Ahnung betrete ich den Raum: Das Hofmauerlicht verbreitet ungebrochene Ernüchterung, Papier und Walze griffbereit, selbst der kalte Leimgeruch ist noch anwesend. Nein, ich habe nicht einmal gesucht, ich gehe zum Tisch, hebe die Hartgummiplatte hoch, und da liegt er, feinsäuberlich – und kryptisch – von des Onkels Hand.

Lieber Neffe,

bist Du bis hierher (brav) gefolgt, weiter so, keep up the good work! Papier ist geduldig, und Geduld ist vonnöten, wer weiß, vielleicht zeigt sich ein »Silberstreif« am Horizont. Man sollte nie zu früh aufgeben.

Ein Tip: Ansprüche bestehen nur so lange, wie sie aufrechterhalten werden.

Dein Onkel Augustin

3
Striche ziehen

Der Onkel hatte mich einmal beiseite genommen, als Frau Stumpe das Frühstück wieder besonders fest serviert und ebenso fest abgeräumt hatte.

»Sie kriegt nichts, verstehst du.«

Mit gedämpfter Stimme.

»Sie ist keine Erbin. Sie hat schon genug gekriegt, fürchte ich, mehr als ihr zusteht.«

Und dann nahm er mich noch einen Schritt weiter beiseite.

»Weißt du eigentlich, daß sie eine eigene Wohnung besitzt?«

Ich wußte es nicht. Soweit mir bekannt war, logierte sie in einer Kammer im Parterre, zugänglich durch einen Flur, in dem es immer eigentümlich nach verbrannten Haaren roch. Der Onkel nickte.

»Sie hat eine! In der sie aber nicht wohnt, in der Leonhard-Frank-Straße«, der Onkel hielt mich auf Armeslänge, »vollgestopft mit entsetzlichen Sachen, ich bin einmal dort gewesen.«

Er sah mich entsetzt an.

»Grauenhaft! Voller Handarbeiten.«

»Wenn sie aber eine Wohnung hat«, gab ich zu bedenken, »warum wohnt sie dort nicht?«

»Weil sie hier wohnt.«

Das war allerdings eine Erklärung. Ich gebe zu, daß ich mir schon Gedanken gemacht hatte. Frau Stumpe war keine Schönheit, ich glaube, ich habe ihr Äußeres bereits angedeutet, es war nicht sehr vorteilhaft, dieses Gesicht, obwohl, wenn man genau hinschaute, ganz im Hintergrund ein Liebreiz zu erkennen war?

Sehr weit hinten allerdings. Ich weiß nicht, wie der böse Blick zustande kommt, eine gewisse Eckigkeit der Augenstellung, nicht Schielen, aber Starre der Lider, oder ist es die leicht schräge Achse. Jedenfalls hatte sie ihn. Und ich versuchte, jedesmal wenn ich auf ihn traf, mir einen positiven Ruck zu geben, denn dafür konnte sie ja nichts, sagte ich mir.

Oft sah ich sie das Treppenhaus wischen, auffällig oft, als ob sie eine besondere Vorliebe für Stufen hätte – in den Korridoren wischte sie weniger –, es war dann schwierig, an ihr vorbeizukommen, sie hatte einen muskulösen Schwung im Rücken, und ihre sehr kräftigen Schinken schwenkten im Gegentakt über die ganze Breite der Treppe. Wie mir der Onkel erzählte, war sie einst Turnerin gewesen oder im Turnerbund aktiv, wann immer das gewesen sein sollte, jedenfalls Sportlerin, und das glaubte ich ihm aufs Wort. Ein wirklich kompaktes Paket. Meist wischte sie aber oben im dritten Stock, wo der Onkel seine Privatgemächer hatte, so daß ich ihr wenig ins Gehege kam. Ich hätte auf Hammerwerferin getippt.

Eine kleine Bosheit kann ich mir nicht verkneifen, sei es nur, um aufzuzeigen, daß die Dinge doch nicht ganz so lagen, wie sie lagen (wie es war). Zugegeben, wir hatten einen heißen Juli, und jedermann war leicht bekleidet, ich in kurzen Hosen und T-Shirt, noch in Schwerin gekauft – aber so leicht? Ich weiß nicht, sie hätte vielleicht doch einen Kittel anziehen sollen.

So bot sich also an diesem heißen Julivormittag, der im oberen Treppenhaus, bedingt durch das Glasdach, besonders heiß war, folgendes Bild: Wir, der Onkel und ich, erklommen die Treppe, ich tief in Gedanken, der Onkel offenbar auch in Gedanken. Als wir Frau Stumpe, auf dem nächsten Absatz die Treppe wienernd, ansichtig wurden, der Onkel etwas früher als ich: Frau Stumpe in champagnerfarbener Charmeuse, wenn man weiß, was ich meine, mit den typisch dünnen Trägern, allerdings schon etwas verwaschen.

Anscheinend war das ihr Arbeitshemd.

Der Onkel, jäh aus seinen Gedanken gerissen, hielt inne, ich hielt auch inne, beide blickten wir nach oben, wo Frau Stumpe auf dem Treppenabsatz, von mir aus gesehen von der Seite, eine mächtige Portion Schwung zeigte, nicht gerade mein Fall, vom Standort des Onkels allerdings muß es eine verdammt mächtige Portion gewesen sein. Denn er trat einen Schritt vor und einen zurück, und wieder vor. Und dann beschlossen wir beide, kehrtzumachen vor soviel Mächtigkeit.

Ich jedenfalls ließ mir da nichts vormachen. Wie wenn der Juli noch heißer gewesen wäre und die Treppe noch ausführlicher hätte gewischt werden müssen! Auch waren da noch die Privatgemächer, vor allem das Arbeitszimmer des Onkels, wo hoch auf dem Bibliothekstreppchen die allerobersten Regale zu reinigen waren. Ich konnte mir gut vorstellen, wie den Onkel der Schlag traf, wenn er von seiner Geschäftspost aufsah.

*

Also lernte ich Striche ziehen.

Wie hatte der Onkel geschrieben? Auf diese Weise wirst Du finden, was Du suchst. Damit meinte er doch wohl nicht etwa meine allerunglücklichsten Bemühungen! Bin ich doch nie ein großer Zeichner gewesen, nicht unkünstlerisch, das will ich nicht sagen, aber »Linealhände« waren mir in meinem VEB nicht gewachsen. Nein, wir haben natürlich nicht von Hand gemolken, neunzig Prozent aller Arbeit, was sage ich, fünfundneunzig Prozent bestand aus Labortätigkeit: Umfüllen, Auffüllen, kein schweres Heben, versteht sich, immerhin aber zehn Liter am gestreckten Arm und das acht Stunden lang. Das macht Muskeln, vor allem einen speziellen runden knapp oberhalb der Ellenbeuge, den sogenannten Melkerknoten, wie eine kleine hockende Maus. Und nun sollte ich plötzlich Feinstarbeit leisten? Feine Gerade mit Feder und Tusche, ich glaube, der Onkel verzweifelte darüber nicht weniger als ich.

Er stand hinter mir, während ich meine unseligen Striche zog, schien jedesmal in neue Depressionen zu verfallen, wenn er sie sah, und hing schwärzesten Gedanken nach. Zum Beispiel über die Menschheit:

»Die Menschheit«, erklärte er, »überzieht den Planeten mit Kahlfraß, sie frißt alles blank und wundert sich, daß nichts mehr nachwächst. Es ist furchtbar!«

Damit meinte er aber meine Strichführung. Oder er hatte es mit der Moral.

»Sie hat nur eine Moral, ihre eigene: Gut ist, was gut schmeckt, was ihr – der Menschheit – gut schmeckt. Keine Achtung hat sie vor der anderer, sagen wir, der Moral der Schimmelpilze, die schließlich auch gerne den Planeten überziehen möchten.«

Schimmelpilze? wunderte ich mich.

Das Ganze fand nicht hinten im Klebezimmer statt, sondern in einem vorderen Raum, in dem zwei Tische standen, einer mit beweglicher Schiene zum Stricheziehen, ein anderer zu einem noch verborgenerem Zweck, ich erkläre später, welchem. Auch sah das Zeichengerät sehr professionell aus, keine simple Feder am Federhalter, sondern eine Art Pinzette, an der man genau die Dicke des Striches einstellen konnte. Bis hin zu Haarlinien. Und es war auch keine simple Tusche, die man benutzte, das wäre zu einfach gewesen, sondern eine Metallaufschwemmung auf Gummiarabicum-Basis, um genau zu sein, jedenfalls schwierig genug zu handhaben (ich glaube, es war doch Silbertusche). Meine Linien, die ich damit zustande brachte, waren denn auch nur eine Reihe mehr oder weniger gelungener Knötchen, oder der Onkel hatte dafür eine noch genauere Bezeichnung:

»Sieht ja aus, als hätten sich da Maikäfer verewigt! Ganze Marschordnungen von Maikäfern!« Er gebrauchte sogar eine noch schlimmere Bezeichnung (hingemacht).

Später waren es Marschordnungen von Fliegen, noch später von Flöhen, als die Strichstärken feiner eingestellt wurden. Er stellte sich hinter mich, hielt die Luft an, um die Entstehung meiner aus der Präzisionsfeder fließenden Geraden zu verfolgen, und dann atmete er laut aus.

Eine ganze Woche lang. Zuerst auf einfachem Papier, dann auf Vermeugen (dünnes Blatt ohne Wasserzeichen). In dieser Zeit lernte ich den Onkel hassen, seine Verzweiflung, seine Stimme, seinen viel zu hohen Haaransatz. Und die Ansichten, die er in meinen Rücken hinein äußerte, waren auch nicht dazu angetan, den Haß zu mildern.

Zum Beispiel hatte er es mit den Bäumen:

»Bäume? Du denkst, das sind lebende Wesen? Das sind überhaupt keine Wesen! Man haut sie um oder schneidet Sprüche hinein. Seele? Was für eine Seele?«

Er fuhr fort:

»Ich werde dir sagen, was für eine«, er breitete hinter mir die Arme aus – ich konnte es aber trotzdem sehen, »schau sie dir an, diese Sommerkugeln, wie sie dastehen, wie sie rauschen, sie haben Würde, Schönheit und großes Lebensgefühl, sonst sähen sie nicht so aus, sonst *könnten* sie nicht so aussehen. Aber anscheinend merkt das niemand.«

– – –

»Und wenn es jemand merkt, dann ist es noch schlimmer, dann sägt er dieses Geschöpf voller Würde, Schönheit und großem Lebensgefühl trotzdem ab.«

Dazu hätte ich ja etwas erwidern können, wollte aber meinen Strich nicht verhunzen, auf den es schließlich ankam. Man sieht mich, die Zungenspitze in der Mundecke, in diesem vorderen Zeichenraum, in den jetzt schräg die Sonne fällt.

Während der Onkel fortfährt:

»Eine Gnade, daß sie keine Augen haben, uns wahrzunehmen, sie würden vor Angst sterben.

Oder anders herum, der Mangel zu gehen wird erträglich durch den Mangel zu sehen. Reimt sich sogar.«

Und um zu einem Schluß zu kommen:

»Selbst Naturschützer verdienen tiefstes Mißtrauen, weil (und ich sage auch, warum) sie nicht aus Respekt, sondern aus blankem Eigennutz schützen – weil es gut ist, wenn der Baum grünt, gut für die Atmung.«

Na, dann ist es doch gut, dachte ich.

*

Danach nahm er sich die Deutschen vor, im Verlauf einer Woche, und danach die Konsumenten samt ihrer Rudergeräte, den Hi-Fi-Anlagen mit den bulligen Boxen, Motorrädern mit Gelände-Spikes, Weinabonnements und geschorenen Lammfellmänteln. Ich hatte nun gerade dafür wenig Verständnis, eigentlich gar keines. Ich für meinen Teil hätte gern den Videorekorder genommen, den Gutschein von Leonardo und die Reise nach Jamaica, jederzeit. Ich habe über Querulanten gelesen, danach scheinen es irgendwie Kranke zu sein: Vom Einzelhändler an der Ecke bekommen sie garantiert minderwertige Haferflocken. Die Stadtwerke stellen überhöhte Forderungen, und zwar auf falscher Basis, falsch ist auch die Basis der Verkehrsregelung, der Wahlberechtigung, Frauenverbände haben gar keine Basis,

Vertreter von Gesetzesvorlagen bedürfen der Kritik. Alle bedürfen der Kritik bis hinauf zu höchsten Instanzen. Zu allerhöchsten. Und das an einem Sonntag, an dem die Glocken läuten.

Selbst die Kirche?

»Selbst die Kirche«, sagte der Onkel, »ist merkwürdig gottlos geworden. Wenn ER spricht, spricht nicht er, sondern ein Matthäus 5,37, und auch der hört sich falsch an.«

Ich nahm nicht an, daß der Onkel Kirchensteuer zahlte, wenigstens hätte es mich sehr gewundert. Die Glocken läuteten, die Sonne schien, draußen gingen gutgekleidete Leute vorbei, aber offenbar glaubte der Mann an gar nichts.

»Doch«, sagte er.

Er glaube doch an etwas.

Er glaube an die Vergeßlichkeit.

An eine einzige große Merkschwäche, er glaube an den generellen Hirnverlust, sagte der Onkel, daran glaube er.

– – –

»Der Mensch«, erklärte der Onkel, »verhält sich wie jemand, dem die Adresse abhanden gekommen ist. Ein Amnestiker. Wenn er geboren wird, liegt er da und weiß nicht, wie er dahingekommen ist, und wenn er dann plötzlich stirbt, ich meine, wenn es nach so und so langer Zeit endlich soweit ist, schaut er sich erstaunt um und sagt: Aha!«

Aha, so ist das!

»Das ist der Augenblick, da es ihm wieder einfällt.«

»Aber ist das nicht etwas wenig«, wandte ich ein.

»Das ist sogar sehr wenig«, entgegnete der Onkel, »eine sehr dünne Seite in einem sehr dicken Buch.«

– – –

»Genau kann das natürlich niemand sagen.«

*

»Und noch etwas«, sagte der Onkel.

»Die Menschheit ist längst umgekippt. Tagein, tagaus ergeht sie sich in Belanglosigkeiten. Als Geograph, als Bühnenschriftsteller, als Facharzt für Hals, Nase und Ohren, und nachdem sie sich lange genug darin ergangen hat, hält sie es – die Menschheit – für das Leben.«

»Was hast du gegen Schriftsteller?«

»Frührentner«, rief der Onkel aus, »alles Frührentner, laufen herum, zu nichts zu gebrauchen, und alle in drohender Genitalhaltung.«

In Wirklichkeit waren die Ausführungen des Onkels natürlich noch weit umfangreicher und erstreckten sich (was sagte ich?) auf weit mehr als eine Woche, es waren zwei Wochen mindestens, wenn nicht sogar drei, in denen ich zuletzt makellose, wirklich perfekte Linien zog. Wie gedruckt. Was mir – meinen Molkereihänden – gar nicht entsprach, das führte ich schon aus.

Warum aber, fragte ich ihn später einmal, habe er den verdammten Strich (Silberstrich) denn nicht gleich mitgedruckt, das wäre doch viel einfacher gewesen?

»Weil du es sonst nicht gelernt hättest.«

»Was gelernt?«

»Na, das Stricheziehen.«

*

Und was die Genitalhaltung anging, hätte ich dazu auch noch ein Wort zu sagen. Es ging mich ja nichts an, aber ich entdeckte, daß man vom Flurfenster des ersten Stockwerks unten ins Badezimmer einsehen konnte: Frau Stumpe morgens krebsrot von der heißen Brause auf den Fliesen stehend, von oben gesehen und mit voller Brust. Das heißt, man konnte einsehen und wieder nicht, da das Badezimmerfenster sehr hoch, dicht unter der Decke angebracht war, sich somit ein ungünstiger Blickwinkel ergab. Denn wenn sie näher ans Fenster trat, war sie nur noch halb zu sehen, eigentlich nur noch als Viertel.

»Bekenntnisse eines Spanners«, so hatte er es genannt. Ich habe dieses Büchelchen im Nachlaß des Onkels gefunden, das heißt, ich sage Büchelchen, weil es sehr sorgfältig von ihm auf feinem Papier geschrieben und wohl auch eigenhändig in grüne Seide gebunden war. Ein Liebhaberobjekt offensichtlich (im Sinne des Wortes), nein, jetzt fällt es mir wieder ein, es hatte einen Doppeltitel: »Rentnersommer – Bekenntnisse eines Spanners«, betont flott gemacht und ziemlich eindeutig, allerdings unter Verwendung nicht ganz verständlicher Schlüsselsätze »heute wieder einen Lauthuser-Schnorrenberg gehabt«.

Denn nun betrieb die Dame ihre Morgengymnastik: Sie turnte stretch and go, stretch and go. Und dann turnte sie wohl eine Kerze, das war nicht genau auszumachen, weil von meinem Standpunkt aus nur eben die Knie zu sehen waren. Also viel war es nicht, eigentlich gar nichts.

Ich glaube nicht, daß sie ihn ins Bett gekriegt hat, es muß anders gelaufen sein. Möglicherweise hat sie ihn auch nur erschreckt (und mich am Rande gleich mit). Um aber auf den Blickwinkel zurückzukommen: Das gleiche Flurfenster eine Etage höher, wo der Onkel wohnte, mag durchaus ergiebiger gewesen sein, ich habe die Kerzen gezählt, es waren zwanzig, es waren immer zwanzig, nur einmal, als eine mißglückte, waren es einundzwanzig.

*

Eines Tages hatten sie den Onkel verprügelt.

– – –

Er kam nach Hause, und es war ersichtlich, daß dies nicht sein Tag gewesen war. Ohne Hut, mit eingeschlagener Nase kam er zur Tür herein. Ich dachte: Jetzt hat er seinen Teil abgekriegt. Was natürlich herzlos war, allein der Schock stellt eine schwere Verletzung dar – ich weiß ein Lied davon zu singen, war ich doch selber einst auf der Straße von zwei (russischen) Soldaten verprügelt worden, als ich zwischen beiden hindurchgehen wollte. – Übrigens erwies es sich dann als doch nicht so schlimm mit dem Onkel, seine Nase blutete nur.

Aber wie ist denn das möglich gewesen?

»Zwischen wem wolltest *du* denn hindurchgehen?« fragte ich noch, als er unten über die Treppe wankte, mit dem beschmutzten Überzieher und den durchnäßten Manschetten. Er hatte also einem Fahrradfahrer den Stock zwischen die Speichen gesteckt. Er hatte was?

Es ist fast zu absurd, um das zu erzählen. Der Onkel ging nie ohne Stock aus, ich weiß nicht, war es wegen seines Rückens oder gehörte er zum Aufzug, malakkabraun mit schwarzer Krücke, unten mit metallverstärkter Spitze, für den Fall, daß er sie einmal gebrauchen müßte. Sei es auch nur, um sie einem Fahrrad zwischen die Speichen zu schieben?

Onkelchen!

»Die Deutschen«, erklärte er, »haben keinerlei

Maß. Früher haben sie Leute zum Tode verurteilt, wenn sie auch nur den Mund auftaten, heute erlauben sie den Verbrechern, ungehindert auf dem Gehsteig zu rasen. Auf Kosten derjenigen, die dann mit Becken- und Hüftgelenksbrüchen eingeliefert werden. Nummernschilder haben sie auch nicht!«

Was er ebenfalls verurteilte.

Da sei er also in aller Ruhe auf dem Bürgersteig spaziert, schön rechts, wie es sich gehört, rase doch dieser Rüpel von hinten heran, ohne Licht in vollem Tempo und dicht an seinem Ellenbogen vorbei. – Und da hast du ihm den Stock zwischen die Speichen gesteckt, wollte ich wissen. Genauso. So schnell? Wenn er doch so dicht fährt.

»Aber wie konntest du das sehen?«

»Was?«

»Wenn er doch von hinten kam?«

Der Onkel hatte seinen Stock in jedem Fall seitlich ausgestreckt. Für alle Fälle. Ganz aber konnte ich ihm die Geschichte nicht abnehmen. Wie sich nämlich später, als der Arzt kam, herausstellte, hatte er überall blaue Flecken, auf Arme und Beine verteilt, und auch noch auf dem Rücken.

»Sag mal, Onkelchen«, forschte ich nach, »das sieht ja aus, als hätte man dich professionell zusammengeschlagen? Fast planmäßig.«

Davon wollte er nichts wissen, der Radfahrer sei

ein rabiater Kerl gewesen, groß wie ein Haus, es täte ihm nur leid, daß er sich kein Nummernschild hatte merken können. Da er ja keines hatte. Der Arzt übrigens schickte eine Rechnung, über die sich der Onkel sehr aufregte. Zehn Jahre lang habe er das befürchtet, schon vor zehn Jahren habe er gesagt: Wenn sich eines Tages die Ärzte so verhalten wie die Handwerker, dann gnade uns Gott.

»Ein Glück«, rief er aus, »daß ich nicht nach seinem Befinden gefragt habe, guten Tag, wie geht's? Womöglich hätte er darauf geantwortet und mir ausführliche Beratung in Rechnung gestellt. Nach Hebesatz. Da habe ich ja noch mal Glück gehabt.«

Immerhin ging er vorerst nicht mehr aus dem Haus, wenigstens nicht nach Einbruch der Dunkelheit. Das fiel mir auf. Auch schien er jetzt auf jedes Geräusch zu achten, das fiel mir ebenfalls auf, selbst leises Klappern in der Nachbarschaft ließ ihn hochfahren, zum Beispiel beim Abendbrot. Dann blickte er zur Tür, als ob er jemanden erwartete. Obwohl ich mir sagen mußte, daß er schon vorher geräuschempfindlich war, entweder wurde im Nebenhaus Klavier gespielt, sowohl in Nr. 15 als auch in Nr. 19, oder es wurde laut gehustet, oder ein Kind bekam eine Blockflöte zum Geburtstag, und es dauerte zwei Monate, bis das Kind seine Versuche aufgab. Dann wieder wurden in Nr. 15 Kinder geschlachtet.

»Hört ihr nichts!«

Nicht daß er angenommen hätte, da werden wirklich Kinder geschlachtet – aber es höre sich so an. Wir hörten nichts. In Nr. 19 stellte jemand sein Radio dauerhaft auf »weißes Rauschen«, letzteres stimmte wirklich, der Mann wurde später ins Irrenhaus eingeliefert.

»Die Musikalität der Deutschen«, erklärte der Onkel, »erstreckt sich auf den Besitz von Hausmusikgeräten, die dann sehr beständig gespielt werden. Und möglichst ohne Begabung.«

Dada didi, der eindimensionale Ausdruck der Volksseele. Wie sehr schmerze es ihn jedoch – dieser Schmerz des Onkels schien sogar echt zu sein –, daß so gar nichts Schottisches mitschwinge, so gar nichts Tschechisches, jede Heizungsanlage habe mehr Rhythmus. Im Halblicht der Töne. Und wenn er einmal zusammenfassen dürfe: »Die Deutschen sind absolut metrisch, und zwar in jeder Beziehung.«

»Ich mag Roy Black auch nicht«, pflichtete ich ihm bei.

Die Deutschen, erklärte der Onkel, seien gar nicht so schlecht, wie man sie mache. Und auch nicht so schlecht, wie sie sich selbst machten. Für das große volkstümliche Wunschkonzert jedoch – hier hob der Onkel die Stimme – und für die große

Parade der Heimatmelodie verdienten sie die volle Verdammung!

»Volle Ächtung weltweit.«

*

Ganz ohne Folgen ging es aber doch nicht ab. Anscheinend hatte er einen Genickschlag bekommen, er klagte über vom Nacken in den Hinterkopf ziehende Schmerzen, die nicht vergehen wollten, weshalb der Arzt schließlich eine Nackenstütze, einen sogenannten »Nieburger« empfahl. Der also von einem Orthopäden angefertigt werden sollte. Ich sage Orthopäde, vielleicht war es auch ein Orthopraktiker oder wie man sie nennt, jedenfalls kein Arzt. Der Arzt, eben jener, liefert lediglich die Abmessungen und die Angaben zum Material – seine Rechnung war denn auch entsprechend –, der Apparat selbst wurde in einem Ladengeschäft bestellt, wohin ich den Onkel begleitete.

Ein denkwürdiger Tag. Voller neuer Gerüche. Der Onkel verhandelte im hinteren Laden, während ich vorne die ausgestellten Fußbettmodelle, die Bruchbänder und Prothesen bewunderte, dazu die leicht säuerliche, stählerne und weißlederne Luft roch. Auch jene besondere Zutat, die nicht genau auszumachen war und sehr körperlich wirkte. Der Inhaber, also nennen wir ihn Prothetiker, mußte alles noch einmal nachmessen, den Abstand von der

Schulter bis zum Ohr und im Bogen über das Kinn und zurück, auch Onkels Adamsapfel wurde mit einbezogen, und er, der Onkel, schien bei dieser Prozedur immer älter zu werden, wie er so abgemessen wurde:

Der »Nieburger« also war ein auf den Schultern aufsitzender Wulst, nach oben hin den Hals bis zum Kinn wie eine Röhre umschließend, das Ganze aus lederbezogenem Stahl, sehr professionell und sehr medizinisch. Fleischfarbenes Glacéleder. Es gab auch noch eine erweiterte Version mit einem Jochbügel und einer gewölbten Schale für die Kinnpartie, aber diese sei, wie der Orthopäde versicherte, nur den schweren Kiefernbrüchen vorbehalten. Wobei ich bemerkte, daß der Onkel gerade mit diesem Modell, besonders mit der Kinnschale liebäugelte, die er sich vorhielt und damit vor den Spiegel trat. Konnte mir allerdings keinen Reim darauf machen – heute könnte ich es, aber heute könnte ich mir noch ganz andere Dinge erklären.

»Und was ist das?«

Der Onkel deutete auf einen Nieburger auf dem allerobersten Glasregal, bei dem zusätzlich zum Jochbügel noch ein weiterer Bügel angebracht war, der sich wahrscheinlich quer über die Nase des Trägers wölbte. Also der sah wirklich sehr böse aus, fast schon wie eine Kampfmaske, wie man sie in Filmen sieht. Nicht so hellfleischig, etwas gebräunter im

Farbton, ein Super-Nieburger, wenn man so wollte. Der aber, wie der arme Bandagist heftig beteuerte (der wohl schon wußte, was ihm blühte), den ganz schweren Kiefernbrüchen vorbehalten war!

Den schwersten!

»Den nehme ich«, sagte der Onkel.

*

Ich habe ihn einmal damit auf der Straße gesehen, abends. Kam mir da jemand im langen Mantel entgegen, wandte sich ab, als ich nahte, Hut tief über das Gesicht gezogen, Kragen hochgeschlagen. Also ich dachte, den kennst du doch, dem bist du doch schon begegnet, und wie er mir das Gesicht zuwandte, mein Gott, das war gar kein Gesicht, das war... mein Leben lang hatte ich nichts so Furchterregendes gesehen. Und der Hut war viel zu groß, ein wahrer Dillinger, ich habe ihn später in der Garderobe untersucht, ein grauer Filz, Größe dreiundsechzig mindestens, innen war er mit einem kleinen harten Kissen ausgestopft.

»Sag mal, Onkelchen«, habe ich ganz ernsthaft gefragt, »vor wem hast du eigentlich Angst.«

»Vor dem Mann aus Odessa.«

Das sollte ein Spaß sein, aber ich weiß nicht, er klang nicht ganz echt. Hatte er wirklich Angst?

»Man kann nicht mehr auf die Straße gehen«, erklärte der Onkel. »Man ist sich seines Lebens nicht mehr sicher.«

Was soll ich sagen, ich fand sogar ein Fluchtgepäck, ganz zufällig. Griffbereit hinter seinem Schreibtisch versteckt. Ich dachte, was zum Teufel ist denn das: Socken, Hemd, Zahnpasta, Schraubenzieher, ein zusammengerollter Anzug und – was mich am meisten berührte – eine Büchse Hausmacherwurst und eine Keksrolle.

Paranoia?

Übrigens, was das »weiße Rauschen« anging, hatte ich den Verdacht, daß es vom Onkel selbst erzeugt wurde. Jedenfalls eines Spätnachmittags hörte ich oben in seinem Flur einen fürchterlichen Krach, der abrupt endete, als ich an die Tür klopfte. Vielleicht, daß er von dem Irren gelernt hatte, vielleicht, daß auch der nur ein Klavier hatte übertönen wollen?

*

Odessa 1992. Nebliges Licht kämpft sich durch ein gottverlassenes Industrieviertel, fensterlose Mauern, der Eingang zur ehemaligen Mantelfabrik. Ein Mann kommt heraus, sieht sich um, biegt in eine Seitenstraße ein, sein Name ist Nikolei Gowerjitj, genannt Drugim, das Täschchen, geht die Seitenstraße hinunter. Hauseingänge verlieren sich in der Entfernung. Er klopft an eine der Türen.

»Schtotakoja!«

Otwetschajut (der andere):

»Sdjes benjak schiwiot.«

»M'jemu prinjossim vjestj schto chleb rastjot.«

Wendet sich ab und geht.

Drugim, das Täschchen, befindet sich auf halber Höhe, wo zwei Gestalten an der leeren Verladerampe lungern. Drugim zögert, geht dann weiter. Man hört ein verwehtes Akkordeon, wahrscheinlich noch aus der Zeit vor dem Kommunismus. An dieser Stelle – jetzt sollte man Obacht geben – erscheint eine Gestalt, die hier sichtlich fremd ist, scheint die Richtung verloren zu haben.

Drugim kennt sich aus, er hat schon Leute aufgeschlitzt, die nichts als einen halben Rubel besaßen. Und? Und nichts, als wenn man ein Schaf aufschneidet, so schnell und so glatt. Drugim ist aber auch ein Mann von Gemüt, er kennt die Weise des Akkordeons und summt ein wenig mit, er ist verheiratet. Was willst du, Zigaretten oder Wurst, oder willst du Armuhren, er hat auch Armuhren. Der Fremde – ist es ein Genosse oder ein Väterchen, man kann es heutzutage schwer erkennen – reagiert nicht, vielleicht sogar ein Ausländer im langen Mantel?

»Zehn Dollar!«

Ein fensterloses gottverlassenes Industrieviertel. Vorn der verrostete Eingang der Mantelfabrik Kapla Doschtjewaja, dahinter verdeckte Hauseingänge, vierhundert Meter bis zur Bushaltestelle, und die wird nicht befahren um diese Zeit.

»Hundert Dollar fürs Leben, Väterchen.«

Wie viele Leute hast du auf diese Weise umgebracht, zwölf? Bis der sich umdrehte, und da war es gar kein Väterchen, es war... so furchtbar war der Anblick, daß Drugim, genannt das Täschchen, künftighin stotterte... es wwwar ein Nnnn...*, kein Mensch hätte sich so etwas ausdenken können.

Danach nannte man ihn nur noch das Tttäschchen.

*

Ein Silberstreif am Horizont? An was für einem Horizont, Hoffnung, weites Land, ferne Küsten – wie wenn er sich einer Symbolsprache bedient hätte, die allein ich verstehen kann? Von allen Menschen auf der Welt. Im vorderen Zeichenzimmer jedenfalls liegt kein Brief, wo er logischerweise der Reihenfolge nach liegen müßte. Kein Hinweis, kein nichts. Ich habe mich schon gefragt, ob ich mich nicht selber auf einem Prüfstand befände, meine Intelligenz betreffend.

Intelligenz, Intelligenz.

Folge den Tagen, folge den Mühen. Also, in die-

* Nieburger

sem Raum bin ich einer ganz beträchtlichen Anzahl von ihnen gefolgt, und zwar genau hier, an diesem Tisch, an dieser Stelle, auf die ich starre... und wie ich noch eine Weile weiterstarre (ohne zu sehen), sehe ich plötzlich eine feine, sehr feine silberne Haarlinie von der Tischmitte nach links verlaufen, nur erkennbar, wenn man sich, so wie ich jetzt, in Arbeitshöhe darüber beugt. Donnerwetter.

Die Linie zieht sich bis zur Tischkante hin, bis zum Rand. Unten aber, auf dem Dielenboden, läuft sie in gleicher Richtung weiter, läuft – ich rutsche auf den Knien nach – quer durch den Raum wie ein Leitfaden, endet schließlich mit einem winzigen Pfeil in einer Nische.

Endet mit einem Pfeil.

Ich habe diese Nische, die von der Brandmauer und einem Kaminzug gebildet wird, Zentimeter um Zentimeter untersucht, von der Decke zum Boden. Und darunter. Ich habe die Fußbodenbretter aufgehebelt, den Kaminzug durch das Kamintürchen innen ausgeleuchtet, ich habe schließlich alle Wände in der Nische so lange abgeklopft, bis jemand von nebenan heftig dagegenklopft. Der Nachbar.

Der denkt wohl, ich wolle hier durchbrechen.

4
Männchen malen

In einem Punkt muß ich mich korrigieren (und dem Onkel recht geben), und zwar das Haus Nr. 15 betreffend. Von dort hatte es tatsächlich Geräusche gegeben, ich meine nicht die üblichen Kinderschreie, lautes Lärmen, Türenschlagen, sondern eigenartige Geräusche, die ich mir nicht erklären konnte. Hartnäckig wiederkehrend, auch manchmal des Nachts: ein stetes Pochen, tatum, tatum, tatum, als ob dort eine Maschine arbeitete. Nun wußte ich, daß der Nachbar von Nr. 15 früher Schlosser war, ein alter Mann, der seine Werkstatt wohl aufgegeben hatte, draußen jedenfalls war sein Schild entfernt worden. Das Haus übrigens hatte große Ähnlichkeit mit dem unseren, das gleiche Dekor der Jahrhundertwende, wenn auch besser angemalt, gelb-weiß, es schien sogar den gleichen Grundriß zu haben, seitenverkehrt, so als ob die beiden Häuser 15 und 17 ursprünglich nach einem Gesamtkonzept erbaut worden wären. Und nun: Tatum, tatum. Schwarzarbeit vielleicht?

Mich hat es ja nicht gestört, es war nur nicht klar, aus welchem Stockwerk das Geräusch kam, aber wenn ich das Ohr an die Trennwand zum Nachbarhaus legte, an die Brandmauer, die bekanntermaßen »trägt«, dann hörte ich es deutlich, ganz besonders nachts. Verständlich, daß sich der Onkel beeinträchtigt fühlte.

Und noch etwas Unangenehmes, er bekam Briefe, die ihn irritierten. Morgens, wenn er die Post aus dem Kasten nahm, hielt er dieses immer gelbe Kuvert in Händen, immer das gleiche und mindestens einmal die Woche – auf den ersten Blick leuchtete es, giftig fast, zwischen den Katalogen und Rechnungen, und ich gebe hier einmal zwei Beispiele, um Onkels Unbehagen verständlich zu machen:

Sehr geehrter Herr Bankdirektor,

bitte mein Schreiben vom 2. August als gegenstandslos zu betrachten. Ich gebe keine Hand für einen Sühneversuch und befinde mich damit in bester Gesellschaft. Da ich mich nicht einseitig entwickle, bin ich über einen frühen Tod hinaus nicht gebunden. Ich bin keinen langen Weg gegangen, um jetzt auf Ihre Verfälschungen einzugehen. Spät habe ich ein Seelenleben angefangen. Zu Frau Dorsten-Heimsiek sagte ich, daß ich Nacktfahrrad fahre. Diese neue Entschuldigung hindert mich nicht, meine Absichten zu ändern.

Mit freundlichen Grüßen Unterschrift unleserlich

Sehr geehrter Herr Geißler,

ich werfe keine Perlen vor die Säue, ich unterhalte mich nicht mit Herrn Habermus, wie auch nicht mit Ihnen. In ähnlicher Rechtslage würde ich mich auch nicht anders verhalten. Ich bin kein Fachmann für psychische Umschmutzung bei Weibern. Was das Böse angeht, bin ich sicherlich naiv im Vergleich zu Wilroth Barns von der Station C. Daß in uns nicht nur Engel, sondern auch Richard Wagner wohnen, sagte ich zu Frau Dorsten-Heimsiek am 11. 1. 1991. Sie war nicht meiner Meinung.

Mit freundl. Grüßen Unterschr. unlesl.

Eigentlich kannte ich den Inhalt der Briefe nicht, der Onkel pflegte sie noch auf der Treppe zusammenzuknüllen, aber ich kenne die jetzigen Briefe; denn ungerührt schreibt der Schreiber auch nach Onkels Ableben weiter, mindestens einmal wöchentlich halte ich das gelbe Kuvert mit so ziemlich dem gleichen Unbehagen in Händen. Es ist nicht so sehr die völlige Beziehungslosigkeit, es sind die verdrehten »nicht« und »keine«, die mich beunruhigen, so als ob jemand das Gegenteil schreibt von dem, was er meint. Sollte das Ganze ein Kode sein, eine Verschlüsselung: Wer ist Herr Geißler und wer um Gotteswillen Frau Dorsten-Heimsiek, was für ein Datum ist das, oder ist es etwa die Zahl 111991? Eine Weile hegte ich den Verdacht, der Onkel schriebe sich die Briefe selbst, um sie dann morgens mit großem Mißfallen in Händen zu halten.

Aber das ist ja nun nicht mehr gut möglich.

*

Oder doch?

Ich glaube nicht an Geister oder Schatten Verstorbener. Obwohl ich gestehen muß, daß ich mit dem Schatten des Onkels eine seltsame Erfahrung mache: Er wird immer deutlicher, ich meine, der Onkel selbst wird im Laufe meiner Nachforschungen immer deutlicher, lebendiger, als er je in meiner Erinnerung gewesen ist. Fast spirituell. So als ob ich, Neffe Karl aus Schwerin, überhaupt nur zu diesem Zweck in dieses Haus gerufen wurde – ein großer Gedanke.

Da ist zum Beispiel die Sache mit dem Waschzwang. Nein, nicht der übliche Sauberkeitsfimmel, es ist etwas sehr Eigenes, das ich zu seinen Lebzeiten nie an ihm entdeckt habe. Ich riskiere es: Es handelt sich um den Zwang, sich *nicht* zu waschen, und zwar – jetzt kommt's – um Freund Franz nicht umzubringen. Wen? Freund Franz. Langsam, langsam, wird man ausrufen, was ist das für ein Unsinn. Ist es auch, ich kann es nicht ändern. Anscheinend hatte der Onkel da jeden Morgen vor seinem Waschbekken gezögert, es zu benutzen. Morgen für Morgen, ein ganzes Jahr lang, um das Schlimmste zu verhindern, das er am Ende doch nicht verhindern konnte.

Leben mit Franz der Eintagsfliege

Es war einmal ein Mann, der sich liebend gerne wusch. Der spritzte und prustete, hielt den Kopf unter Wasser, bis es ihm in die Ohren lief, und er war erst glücklich, wenn auch das Badezimmer unter Wasser stand. Eines Tages, als er sich wieder einmal von Herzen poliert und rasiert hatte, wollte er soeben den Bartstaub vom Beckenrand fortwischen, als ein Partikel sich nicht löste, ein kleiner Stoppel. Ich gebe das hier mit meinen Worten wieder, Onkel schreibt natürlich viel elaborierter, holt viel weiter aus und verbreitet sich über das Wort »smudge«, über Klang und Wirkung. Jedenfalls saß da so ein kleiner, ein nadelkopfgroßer dunkler Punkt, der plötzlich zu laufen begann.

Der Mann, also der Onkel, verfiel sofort in Panik – dies ist nicht ganz zu begreifen, wir müssen es hinnehmen, so wie er es schreibt: Da war er soeben drauf und dran gewesen, dieses Etwas mit dem nassen Finger wegzuwischen, man denke! Eine Existenz, einfach schwapp, Freud und Leid, Lust und Leben, weil die Existenz zu winzig war, sich bemerkbar zu machen. Der Onkel erstarrte.

Es war auch nicht klar, warum das Wesen ausgerechnet im Waschbecken wohnte, denn, einmal entdeckt, war es nun ständig im Weg, um und herum, speziell in den Seifenrillen, fand dort wahrscheinlich einen Seim oder sonst eine Nahrung. Schwebte besonders ausdauernd dicht über oder sogar im Abflußloch, und der Onkel mußte sorgfältig pusten, bevor er sich waschen konnte, mußte von jetzt ab immer pusten. Wobei er sich manchmal siedendheiß fragte, ob er es denn auch wirklich getan hatte. Wie erlösend, wenn »Franz« dann wieder um den Abfluß flog.

Franz die Eintagsfliege.

Das heißt, Eintagsfliege sei nicht ganz zutreffend, führt der Onkel aus, eher Achttagefliege, was die Lebensdauer angehe – der Volksmund hat wohl die Kürze betonen wollen. Denn acht Tage waren Franz zugedacht, danach blieb er ein, zwei Tage verschwunden, um dann halbmillimetergroß aufs neue zu erscheinen. So etwa der Kreislauf.

Größte Schwierigkeiten hatte der Onkel als Erzieher. Man denkt, solch einem Ding fährt die Angst Gottes in die Glieder, wenn es urmächtig zu blasen beginnt. Keineswegs. Für Franz war das offensichtlich ein nur mäßiges Unwetter, dem er gar nicht, und wenn, dann nachlässig auswich, keineswegs in Panik. Hatte der Millimeter aber endlich seine Lektion gelernt – in seinem langen Leben –, verstarb er, und der Onkel durfte sich erneut mit einem Halbenmillimeter herumplagen.

Allerdings, so führt der Onkel weiter aus, müsse man dem Wesen ein eigenes Zeitmaß zugestehen. Acht Tage Leben entsprechen wohl unseren achtzig Lebensjahren, wenn es gut geht, ein Tag also zehn Leben, in etwa. Wenn aber in diesem Zeitraum – der Onkel wusch sich morgens und abends – nur je zweimal größere Unwetter hereinbrachen, dann dürfte es verständlich sein, wenn wir das jeweils vorausgegangene vergessen haben.

»Wir haben gar nicht mehr damit gerechnet.«

Ja, vor fünf Jahren etwa, wir erinnern uns jetzt, kam es zu heftigen Sturmböen, die uns fast den Kopf abrissen, jetzt erinnern wir uns wieder, es war ein Orkan, ein wahres Schweinewetter, so etwas hatten wir noch nicht erlebt (alle fünf Jahre): Wir dachten, die Welt sollte ersäuft werden, aber wie gesagt, das war vor langer Zeit, eine Überschwemmung ersten Ranges, damals.

Der Onkel war sich darüber im klaren, daß er selbst wohl mehr oder weniger nur als Wetter wahrgenommen wurde, als allgemeine Klimazone. Trotzdem bemühte er sich bisweilen, einen persönlichen Kontakt herzustellen. Betrachtete etwa den Franz aus fünf Zentimeter Abstand mit dem Vergrößerungsglas, wobei dieser deutliche Wesenszüge annahm, kleine braune Stielfühler und Flügel wie Spitzenkragen, wie die Bluse einer Dame. Aber Fusselchen, sagte der Onkel, wie kann man denn so niedlich aussehen. Das Fusselchen jedoch wird sich kaum angesprochen gefühlt haben, was es selber sah, war ein blauweißes Auge etwa von der Größe Bayerns, durch das Glas überdimensioniert, Wimpern wie Eisenbahnzüge und einen Lidschlag wie das Ausgehen des Tageslichts – nach der anderen

Zeitrechnung dürfte er wohl mehr als eine Stunde gedauert haben. Der Lidschlag der Ewigkeit.

Eines Morgens erschien der Onkel betont einsilbig am Frühstückstisch, so daß ich annehmen mußte, etwas Ernstliches sei geschehen. Hatte er einen besonders unangenehmen gelben Brief bekommen, eine persönliche Bedrohung, eine schlechte Nachricht? Aber nein, die Post war noch gar nicht im Kasten, die kam erst eine Stunde später, heute weiß ich, was es war: der Onkel hatte Franz hinuntergespült.

Bei aller Umsicht, nehme ich an.

*

In diesem Zusammenhang möchte ich noch einmal auf seinen Grabstein zurückkommen, man erinnert sich an die obskure Inschrift? Nun, inzwischen habe ich Licht ins Dunkel gebracht, »woz ere« heißt »was here«, es handelt sich um Cockney, einen Dialekt, der im östlichen Teil Londons gesprochen wird und der kein »h« kennt. Darauf muß man erst einmal kommen.

Ich habe dieses »Eastend« in Onkels Lade gefunden und könnte ihm, wenn nicht schon mit der vorigen Geschichte, an Hand dieser, eine ausgesprochen fürsorgliche Seele bescheinigen. Herz und Gemüt und ein Gefühl für Kinder – ich schicke das einmal voraus, auch wenn es später anders aussehen wird. Er beschreibt darin einen kleinen Punker mit Sicherheitsnadel im Ohrläppchen, den zwölfjährigen Mikey, der den großen Mut besitzt, in Feindesland vorzudringen, sprich: Territorium der Broomsley Farts, einer Gang im benachbarten Broomsley. Dort also läuft er todesbereit herum und kritzelt überall, wo sich nur eine Handbreit freier Raum findet, seine Signatur hin. Auf Hausecken, Garagentüren, Mauerpfeiler, Holzzäune, »Mikey was here«. Unter absoluter Lebensgefahr (rip you another asshole). Er schreibt es aber so, wie er spricht, zum Zeichen, daß er wirklich dagewesen ist, auf dieser Welt:

woz ere

*

Am zweiundfünfzigsten Tag nahm mich der Onkel feierlich bei der Hand, um mich neuen Aufgaben zuzuführen.

Nahm mich wie immer ins vordere Zeichenzimmer, setzte mich aber diesmal an den zweiten Tisch, wo eine Reihe Näpfchen, Schälchen und Fläschchen aufgebaut waren, ein Kasten mit Pinseln, ein Reißbrett, und mir ahnte, daß jetzt Großes von mir erwartet wurde.

»Kunst kommt von Können«, hub der Onkel an,

»wenn das heutzutage auch niemand wahrhaben will. Ein kleiner Versuch einer kleinen Schöpfung in dieser Welt und, glaube mir, so ziemlich der einzige Beitrag, den die Menschheit jemals geleistet hat. Ihr Alibi, glaube mir, ihr einziges Alibi in einem Meer von Niedertracht, wenn das nicht schon zuviel verlangt ist (es zu glauben).«

Es waren Farbtuben aufgebaut, Weißgründe, Graugründe und alle möglichen Lösungsmittel. Auch Terpentine in Kanistern, Malmittel unterschiedlichen Fettgrades, Zwischenfirnisse und Schlußlacke.

»Und dennoch nur eine Geste«, fuhr der Onkel fort, »gutzumachen, was an der Schöpfung gesündigt wurde. Die große Geschichte der Menschheit, sieh sie dir an die große Geschichte, nichts als Abschlachten und Abbrennen. Aber wenigstens mit genauen Jahreszahlen, gottseidank: 333 die Alexanderschlacht. Was ist gut an der Alexanderschlacht? Daß sie gemalt wurde, das ist gut an ihr! Der einzige Beitrag, den die Menschheit jemals leistete – oder stimmst du mir nicht zu?«

Ich konnte dem ohne weiteres zustimmen, war mir doch klar, daß das Ende noch gar nicht abzusehen war. Nun hatte ich früher selbst ganz nette Aquarelle gemalt, keine große Kunst, aber doch ganz nette Seelandschaften, atmosphärische Sachen, Herbst und Winter, Wismar und Rostock. Nun ja, ich glaube, kritisch genug zu sein, meinen eigenen Beitrag nicht allzu hoch anzusetzen, insbesondere was Vegetation betrifft, die sich bei mir am besten im Nebel verlor. Daher meine Vorliebe fürs Herbstliche. Mit Wasser hatte ich mich leichter getan.

»Aber wo sind sie denn, die Maler des Coelinblau!« rief der Onkel höhnisch aus, »wo sind die Meister der Paradiesgärten, wo sind sie denn geblieben!«

– – –

»Die Schöpfer der kleinen Schöpfung«, er blickte nach allen Seiten um sich.

– – –

»Statt Kunst«, erklärte der Onkel, »gibt es nur noch Künstler.«

– – –

»Schlimmer noch: Es gibt keine Kunst mehr, weil sie ein zutiefst innerliches Bedürfnis des Menschen ist, und den Menschen gibt es nicht mehr, weil er dieses Bedürfnis verloren hat«, hier blickte er wild um sich, »statt dessen sich selbst auf den Sockel stellt!«

– – –

»Oder stimmst du mir nicht zu!«

– – –

Nach dieser Einleitung hatte ich eigentlich gehofft, daß der Onkel nun eine eigene leuchtende

Alexanderschlacht aus der Schublade zöge, war deshalb ein wenig enttäuscht – man wird es mir nicht verdenken –, daß es nur eine Anzahl Männchen war, die er da auf weißem Karton aufgemalt hatte. Eine wohl eher sehr kleine Schöpfung, würde ich sagen, angesichts aller Niedertracht. Männchen mit Bart und ohne Bart, mit Mütze und ohne Mütze, kleine graue schablonenartige Portraits, auch das einer Dame mit Haube. Ob ich die abmalen könnte? Natürlich konnte ich das. Mit Haube und ohne Haube. Es war kein Verdacht, es war nur ein Gefühl, ein leises Gefühl im Nacken. Ich meine, man fragt sich ernsthaft, ob man sich hier nicht in einem Irrenhaus befindet, einem ganz privaten (der Verdacht kommt mir).

Also tat ich ihm den Gefallen, setzte sogar ein wenig genialisch an, nicht wahr, aus freier Hand. Wenn wir hier Kunst machen sollten, dann doch etwas freier, persönlicher als diese platten Vorlagen, dachte ich mir, und die Frau hatte einen Hut wie ein Ballon.

Aber nicht so!

So nicht? Ich sollte also allen Ernstes die Vorlagen genau abmalen, Strich für Strich, grau in grau, genauso wie sie vorgemalt waren, Kunst kommt von Können?

»Weißt du, Onkel«, sagte ich, »irgendwie kommt mir das Ganze merkwürdig vor, Mütze, Bart und alles. Ich habe das leise Gefühl, daß wir auf der Stelle treten. Bißchen unsinnig?«

Ich glaube, so streng hatte ich ihn noch nie gesehen, sein Mund wurde ganz schmal, so daß man sich wirklich fürchten konnte. Zur Strafe ließ er mich den ganzen Tag nur noch abpausen. Erst danach durfte ich wieder Männchen malen, aber diesmal haarscharf nach Vorlage und kein bißchen daneben. Diese Portraits waren handtellergroß und nicht so schwierig zu kopieren, schwieriger schon war die Verkleinerung auf Fünfmarkstückgröße, dann auf Zweimarkstückgröße...

»...und wir wollen noch kleiner werden«, erklärte der Onkel.

Zu dieser Zeit übrigens ließ er Drahtgitter anbringen. Gitter hatten wir sowieso an den Fenstern, an den unteren jedenfalls, schwere kunstvolle zur Straße hin und einfache Kreuzgitter zum Hof. Dort also, zum Hof hin, kam jetzt noch Maschendraht dazu, so daß wir wirklich abgesichert waren. Erhob sich nur die Frage, gegen wen? Sollte niemand aus dem Haus heraus oder niemand hinein, doch beim besten Willen konnte ich mir nicht vorstellen, welchen Feind der Onkel fürchtete, es sei denn die Fußballer, die ihn von der Rückseite her bedrohten und denen ich vielleicht ein Kapitel widmen sollte.

Angrenzend an unseren Hofraum, lag hinten ein

größeres zum Nachbarhaus gehöriges Gelände, und dort, wie es nicht anders sein kann, wurde Fußball gespielt. Sechs-, siebenjährige Knirpse, alle kleine Beckenbauers mit fliegenden Haaren, spielten sich die Seele aus dem Leib. Knallten ihren Ball hierhin und dorthin und hatten es besonders auf die Trennmauer abgesehen. Ich erwähnte bereits Onkels Zuneigung zu Kindern, oder habe ich sie noch nicht erwähnt? Mein Verständnis jedenfalls hatten die Fußballer in vollem Umfang, war die Mauer doch ein geradezu ideales Tor mit zwei Steinpfeilern rechts und links, wie gemacht fürs Elfmeterschießen, und das taten sie denn auch. Unter großem Gebrüll.

Nur war sie leider zu niedrig, die Mauer. Von unserer Seite her zwar über mannshoch, auf der Gegenseite jedoch, wo die kleinen Teufel spielten, war das Terrain aufgeschüttet, der Mauerrand erreichte dort allenfalls Brusthöhe, und das war knapp für einen Elfmeter. So ergab sich folgender Ablauf: Erst rannten sie alle wild durcheinander, jeder jedem vor die Füße tretend, und dann, wenn sie genug getreten hatten, mindestens einer in der Ecke hockte und sich das Bein hielt, begann das Elfmeterschießen. Man konnte sich hinsetzen und darauf warten: Im allgemeinen gab ich ihnen sieben bis acht Schuß, beim achten Schuß flog der Ball dann über die Mauer – manchmal schon beim ersten –, ich hatte allerdings auch erlebt, daß einen Nachmittag lang nichts geschah, besonders zermürbend für den, der darauf wartete.

Für den Onkel.

Der Onkel hatte früher einmal – jetzt hätte er es nicht mehr getan – Efeu an die Mauer gepflanzt, das sich inzwischen zu einem netten Pelz entwickelt hatte. Dem zu Füßen standen Buchsbaum, Eibe und Rhododendron, alle ineinander verwoben, und wenn jemand über die Mauer kletterte, mußte er notgedrungen die ganze Pracht zerraufen. Dazu sehe man sich die Klettertechnik an: Hinauf (von der Gegenseite) ging es leicht, hinunter auch, indem sich der Kletterer am Efeu abgleiten ließ und am Ende absprang. Aber wieder hinauf! Hatte er den Ball gefunden und zurückgeschossen, klammerte er sich am Efeu an, kletterte ein Stück und noch ein Stück, ergriff schließlich die Hand von jemandem, der oben auf der Mauer lag, und wurde hochgezogen. Fabelhaft. Das wiederholte sich im Durchschnitt drei- bis viermal pro Nachmittag, und sowohl der Buchsbaum als auch der Rhododendron wurden immer dünner, die Eibe weniger.

Also, der Onkel versuchte es mit Schimpfen. Drei- bis viermal am Nachmittag, während ich in meinem Zimmer über Kriminalromanen döste, brach vom oberen Stockwerk her eine gewaltige Kanonade los. Der Erfolg war gleich null, die Fußballer waren völlig ungerührt. Sie waren auch viel zu fix und wußten, daß man sie nicht so leicht fassen konnte. Moralisch gesehen sowieso im Recht, war es ja ihr Ball.

Der Onkel verlegte sich auf gutes Zureden: Seht, das Fußballspiel, das ja sein muß, läßt sich auch quer spielen, nicht auf die Mauer zu, seht, quer über den Platz, da kann ja nichts passieren. Eine etwas armselige Kameraderie, die der Onkel da an den Tag legte, ihr seid doch große Jungs, seht, ihr seid doch vernünftig. Ja, das waren sie, denn quer verlor sich der Ball auf der Straße oder in ein Fenster.

Wie heißt du denn? Der Onkel ging sogar hinüber, um den Block herum – über die Mauer konnte er ja nicht gut klettern. Der Sebastian, der Frank, der Axel, der Tobias. Er spendierte Schokolade, und sie hörten auf zu spielen. Am nächsten Tag landeten sie nicht vier, sie landeten neun Treffer im Hof. Der Onkel versuchte es eine Instanz höher, ging zur Mutter des Anführers (wer ist denn hier der Anführer), also er ging zu Axels Mutter, die völlig zusammenbrach, und am Abend rief der Vater an, ein Metallfachmann, der soeben nach Hause gekommen war und über das Telefon brüllte, es sei gar nicht sein Axel, sein Axel sei den ganzen Nachmittag in der Schule gewesen, und überhaupt solle er sich um seine eigenen Angelegenheiten kümmern und nicht anderer Leute Kinder verdächtigen.

Das war es, glaube ich. Der Onkel sah zwei Möglichkeiten: Töten, nicht den Vater, die Kinder! Den Vater auch. Oder den Platz vergiften! Beides erschien im plausibel, wenn auch nicht leicht durchzuführen. Töten (im Affekt) entsprach bestimmt nicht der Verhältnismäßigkeit der Mittel, jedenfalls nicht in einer Gesellschaft wie der unseren, die – so des Onkels Erwägung – sicherlich kein Verständnis zeigen würde. Und lautloses Töten aus der Entfernung und ohne Spuren, was ihm am meisten zusagte, erforderte Spezialgerät. Zum Beispiel ein Luftgewehr. Gab es im Handel zu kaufen, zum Scheibenschießen, es gab sogar sehr gute mit Druckpatronen für größere Entfernungen. Und als Munition, sinnierte der Onkel, kam etwas Phantasievolles in Frage? Zum Beispiel Holzsplitter, die man verschießen konnte, ohne daß jemand auch nur auf die Idee käme, das Kind hätte sie sich *nicht* eingerissen. Als Träger von Krankheitskeimen? Diphterie? Tetanus?

Der Onkel war der Überzeugung, daß hier Möglichkeiten bestanden. Oder Glasscherben für den Torwart, nachts über die Mauer geworfen? Ich glaube, daß ihm allein die Erwägungen über eine Reihe von Tagen hinweghalfen, dann jedoch sah ich ihn plötzlich wie einen Wahnsinnigen hinter dem Torwart herrennen – ich war nicht darauf vorbereitet –, rannte vor Wut blau im Gesicht über das Spielfeld, völlig desperat, während sich die Spieler mit Leichtigkeit in Sicherheit brachten, und wie war er denn plötzlich dort hingekommen? Ich muß sagen, jetzt tat er mir doch leid.

Auf seinen alten Beinen.

Besonders der Axel hatte es auf ihn abgesehen. Der ließ ihn dicht an sich herankommen, schlug einen Haken, ließ ihn wieder herankommen und schlug noch einen Haken. Aber dann geschah etwas, das mich zutiefst beeindruckte, ein Generationserlebnis, wenn ich das richtig verstand: Der Junge blieb stehen.

Brach einen der Haken kurzerhand ab, wandte sich um und blieb vor dem herannahenden Onkel ruhig stehen, und nun? Ja, was nun? Das ist wahrscheinlich genau das, was dort gesprochen wurde, hören konnte ich es nicht, aber sehen:

Und nun, was willst du tun, alter Mann.

Willst du mich schlagen.

Willst du mich auch nur anfassen.

Ich sah, wie der alte Mann fortging auf seinen langen Beinen, mit denen er einen Schritt tat, wenn seine Widersacher vier benötigten. Sie hatten noch nicht einmal gelacht, dazu war er ihnen zu belanglos, gegrinst ja, aber sonst? Und er, der alte Onkel, hing danach nicht einmal mehr seinen Lieblingsphantasien nach, ich weiß es, ich sah ihn am Fenster stehen und nicht mehr denken. Der Fall löste sich übrigens von selbst. Eines Tages war Fußball »aus«, statt dessen wurde Fahrrad gefahren, und das in immer weiteren Kreisen mit zunehmendem Alter.

»Kinder«, sagte der Onkel, »sind die mächtigsten Geschöpfe der Erde.«

Mit voller Überzeugung.

»Sie sind so mächtig, daß sie keine Waffen brauchen.«

Tiefer Ernst.

»Sie brauchen sie nicht.«

Ein Grundsatzgespräch.

»Jedes Hundebaby besitzt die Waffe der Niedlichkeit. Jedes Katzenkind, gleich wie überflüssig, jedes Entlein, selbst junge Stinktiere besitzen sie. Oder man denke an die überwältigenden Waffen kleiner Ameisenbären.«

Wir wollen es als ein Grundsatzgespräch nehmen, das ich hier wiedergebe; in Wahrheit erstreckte es sich über eine ganze Woche, so schwerwiegend erschien das Thema.

»Es ist unser Beschützerinstinkt, der angesprochen wird«, führte der Onkel aus, »doch ist es nicht so sehr die Kleinheit – Elefantenbabys sind ja relativ groß – es ist die Proportion.«

»Die Proportion?«

»Großer Kopf, kurze Beine, die Schutzproportion. Und durchaus nicht nur an unsere Adresse gerichtet, es wurden Schafe gesehen, die junge Wölfe aufzogen, reißende Tiger säugten Pinseläffchen.«

»Kurze Beine, großer Kopf«, steuerte ich bei.

»Und ein möglichst dicker kleiner Bauch.«

So gesehen schien der Onkel gar nicht uneben. Er zeichnete mit ein paar Strichen (auf Vermeugen) ein Fabeltier und hielt es mir unter die Nase.

»Nehmen wir so ein viereckiges Hundebaby, es wedelt mit dem Stummel, es ist jeder Willkür preisgegeben. Jeder Bösewicht, dem danach ist, könnte es aufhängen, aufessen oder aus dem Fenster werfen, ohne irgendeine Strafe zu erwarten. Statt dessen aber – o Wunder – erwärmt sich sein Herz, er kann sich nicht genugtun mit Knuddeln und Puddeln, bringt sich fast um, päppelt das Ding, bis es rund wird wie ein Ball.«

– – –

»Und warum? Weil es so niedlich ist.«

»Aber Babys«, wandte ich ein, »ich meine Menschenkinder, findest du nicht niedlich? Lieber Onkel?«

»Wahnsinnig niedlich«, erklärte er, »nur haben sie es eben nicht nötig, niedlich zu ein, sie sind völlig autonom. Wer jemals versucht hat, ihnen ein Lächeln zu entlocken, wird es kein zweites Mal versuchen. Hast du es? Lieber Neffe?«

»Was?«

»Versucht?«

Ich gab zu, daß ich es nicht hatte.

»Unmöglich. Es ist nahezu unmöglich, sie zu etwas Derartigem zu bewegen, sie schau'n dich kühl an, heben vielleicht eine Augenbraue, und wenn sie lächeln, dann aus eigener Machtvollkommenheit. Grübchen nur aus eigener Machtvollkommenheit. Ich weiß nicht, was es ist, Instinkt oder Erfahrung, jedenfalls wissen sie, daß sie es nicht nötig haben.«

– – –

»Aber!« rief der Onkel aus, »Gott verhüte, daß du sie zum Weinen bringst! Es ist nicht nur die Mutter, die dich tötet, es sind sämtliche Umstehenden, es ist ein gesamtes Postamt, ein Eisenbahnabteil, ein Supermarkt. Sie werden dich auf der Stelle töten. Und das Kind, das längst aufgehört hat zu weinen, liegt im Wagen und schaut dich mit vollkommener Geringschätzung an. Und wieso? Weil es das mächtigste Geschöpf dieser Erde ist.«

Nun gut, er verstieg sich nicht bis zu Darwin. Daß nach dem Gesetz der Auslese künftighin nur noch kahle Häßlichkeiten ohne Grübchen geboren würden, soweit ging er nicht, ich bin aber sicher, wenn er darauf gekommen wäre, hätte er sich auch dazu verstiegen. Da war nämlich noch die Geschichte mit dem Keller.

*

»Kinder«, sagte der Onkel bei anderer Gelegenheit, »gibt es gar nicht mehr. Ein Kind nimmt ein Stück

Holz und erklärt es zur Puppe oder zum Pferd, und es wird eine Puppe oder ein Pferd. Wo ist dieses Kind!«

– – –

»Heute kaufen sie ihre Pferde fertig im Laden, und zwar im Trend.« Er war nämlich noch nicht am Ende seiner Verbitterung, eines Tages hatte er ihn also doch geschnappt; er mußte ihn, in der Kellertür stehend, erwartet haben.

Es war ein trüber Nachmittag, spät, gegen sechs Uhr, nachdem schon drei »Hofbälle« gelandet waren. Nacheinander waren eingestiegen: der Frank, der Sebastian und nun also der Axel. Der hatte den Ball auch sofort gefunden und wollte soeben zurückklettern, als ihm der Onkel unverhofft in den Weg trat – eigentlich sollte ich die Geschichte nicht erzählen, weil sie mißverstanden werden könnte. Der Onkel war nämlich gar nicht laut geworden und nicht handgreiflich, sondern er war süß.

»Willst du nicht«, sagte er, »lieber durchs Haus gehen? Es wäre einfacher und auch leichter, du kannst dann über die Straße zurück, und den Ball kannst du auch mitnehmen, mein lieber Junge.«

Dem erschien dies durchaus nicht einfacher und nicht leichter, doch befand er sich auf fremdem Territorium, und das machte den Unterschied. Der Onkel ließ ihn durch die Kellertür eintreten, schob zwei Riegel vor und eine Querstange, machte noch großes Gewese mit den Vorhängeschlössern, dann blickte er den Axel an und sagte:

»Hereingefunden haben wir, nun wollen wir nur hoffen, daß wir auch wieder hinausfinden.«

Denn siehe, es wurde sehr dunkel. Der Axel war viel kleiner hier unten im Keller und der Onkel viel größer. Nein, er hat ihn nicht geschlagen und erschlagen auch nicht. Nicht einmal am Ohr gezogen hat er ihn, nur konnte er im Dunkeln den Weg nicht so recht finden, und das dauerte ziemlich lange. Ungefähr bis halb sieben. Der Eisenflechter oder Metallfachmann klingelte noch am selben Abend Sturm, er brüllte auf der Straße, wo sich die halbe Nachbarschaft eingefunden hatte. Der Onkel ein Unhold, ein ganz gefährliches Subjekt, das man besser einsperren sollte. Also, so weit würde ich nicht gehen.

Ich räume ein, daß er sich falsch verhalten hatte, es war eine ziemlich abscheuliche, ja, auch gesellschaftsfeindliche Haltung, die er da an den Tag legte. Ich meine, er hatte dem Jungen ja nicht direkt etwas angetan, schon gar nicht, was man ihm unterstellte. Dennoch, mit Kindern geht man so nicht um, ich glaube, ein vernünftiges Wort im rechten Augenblick genügt vollauf. Und wenn ich sage Gesellschaft, dann meine ich nichts Ideologisches, ich meine Menschen, sozial sittliche Menschen, nicht wahr, sozial im Gegensatz zum Asozialen. Da hatte der Onkel entschieden eine Grenze übertreten, und das noch vor dieser ominösen Petition in der Gudrunstraße (die ihn wirklich in Mißkredit brachte).

Wenn er wenigstens links gewesen wäre – ich weiß, ich bin dafür nicht zuständig, weil wir ja angeblich die Sechziger verschlafen haben, wie man sagt, und überhaupt, weil wir ja nicht objektiv sein konnten in unserer »Zone«, eigenartigerweise sind wir jetzt alle Kommunisten –, ich meine, wenn er links gewesen wäre, hätte er doch wenigstens eine Basis gehabt, so aber war er nur asozial. Im bürgerlichen als auch im unbürgerlichen Sinne.

»Bürgerlich ist kriminell«, erklärte der Onkel, »unbürgerlich ist auch kriminell. Ich glaube, ihr habt überhaupt keine Ahnung, so wie ihr die Sechziger verschlafen habt. Karl Marx als Schaffner hätte die Leute alle schwarzfahren lassen, solange der Bus fährt, bis er dann nicht mehr fährt, dann sitzt er da mit seinem Marxismus.«

Damit meinte er uns.

»Gibt den Leuten ein öffentliches Klo (sprich: öffentl. Einricht.), sie werden es versauen. Und warum? Weil niemand das Klo putzt. Wer putzt gern ein Klo? Ich nicht. Ein öffentliches schon gar nicht. Dein Marx Engels hat den Materialismus nie ganz gefressen – die heutige Konsumgesellschaft hat ihn (gefressen).«

Womit er wieder beim Thema angelangt war.

»Der Mensch wird definiert als Tier mit Eigenheim – aus sicherer Entfernung betrachtet, ist es sein vorzüglichstes Merkmal. Er hat Schnauze wie jedes andere Tier, er kann laufen, Töne von sich geben, sich begatten, Winterschlaf halten, da ist kein Unterschied. Aber Eigentum?«

Eigenheim?

»Das ist doch dasselbe: Es ist des Menschen vorzüglichstes Merkmal, stellt man es in Frage, wäscht er sich nicht mehr, macht man es zur öffentlichen Einrichtung, begibt er sich seiner Existenz, legt sich hin und stirbt.«

Also, ich konnte mich nicht entsinnen, jemals jemanden an einer öffentlichen Einrichtung sterben gesehen zu haben. Bestimmt nicht an unseren Kindergärten oder unseren Ferienheimen. Und an den billigen Fahrpreisen, die wir hatten, auch nicht, und die Busse, glaube ich, fuhren sogar! Zumindest herrschte Ordnung!

»Ja, eure Hausmeisterordnung.«

Höhnte der Onkel.

»Die Moral der Hausmeister: Ruhe, Ruhe! Türenschlagen, lautes Lärmen streng untersagt!

– – – Vater.«

»Moral«, erklärte der Onkel, »ist die Ethik der Mächtigen, in eurem Fall der Hausmeister. Gut ist, was gut ist (für Hausmeister). Und noch etwas«, sagte der Onkel, »eure Stalinallee: Der Traum vom Vorderhaus!«

Solchen Unsinn mußte ich mir anhören.

*

Eines Tages kam Frau Stumpes Schwester zu Besuch. Sie brachte ihre kleine Tochter mit, die niedliche Annelore, weich wie ein Kätzchen, vom Onkel mißtrauisch beäugt. Er von ihr ebenfalls.

Der Onkel und Annelore in der Küche: Die beiden Frauen waren einkaufen gegangen und hatten das Kind in Onkels Obhut gelassen. Drei Bananen auf dem Tisch, von denen Annelore zwei sofort aufißt. Der Onkel kriegt auch eine.

Kriegt er nicht!

Kriegt er doch!

Der Onkel schnappt sich die Banane und will sie aufessen.

Kriegt er nicht!

Ich sehe den Onkel in wilder Flucht durch das Treppenhaus rennen. Annelore hinterher. Stellt ihn auf dem ersten Treppenabsatz, der Onkel hält die Banane hoch über seinen Kopf, Annelore brüllt. Später, als die Frauen vom Einkauf zurückkamen, fragten sie, wie sie denn miteinander ausgekommen seien?

»Es ging schon«, sagte Annelore.

Der Onkel sagte nichts. Dann sagte er: »Ich werde dich aber nicht heiraten.«

Annelore todernst: »Warum nicht?«

Der Onkel todernst: »Weil du mir die Banane weggegessen hast.«

Was soll man dazu sagen – wie alt war der Onkel? Komme ich da eines Morgens, es war ein Montagmorgen, also Waschtag, komme ich da in Onkels Etage und stoße auf Tumult. Der Onkel im Schlafanzug in wilder Flucht vor Frau Stumpe, die hinter ihm herrennt. Der Onkel quiekte erbärmlich, daß man hätte denken können, er sollte klistiert werden, dabei wollte Frau Stumpe nur seinen Schlafanzug zum Waschen haben, sonst nichts.

Aber war es nun seine Scheu vor dem Wechsel, oder wollte er sich nur nicht vor Frau Stumpe entblößen. Der Onkel rannte flatternd den Flur hinunter, auch noch über die Stiege zum Zwischenstock. Nein, ein Verhältnis hatte er wohl nicht mit Frau Stumpe, das nicht, aber sie sicherlich mit ihm.

Und ich konnte es ihr nicht einmal verdenken, hatte ich doch selber meine Motive, keine unlauteren, versteht sich, aber Geld ist Geld. – Ende März fuhr ich nach Schwerin. Aus sentimentalen, aber auch aus praktischen Gründen, da ich noch einige Sachen untergestellt hatte, auch um mich im neuen Glanz zu zeigen: Sportjacke mit dicker Aufschrift »Chicago Bulls«, schwarze Bundhose, schwarzes

T-Shirt. Lief damit vom Bahnhof bis nach Zippendorf. Nur um festzustellen, daß man sich inzwischen auch in Schwerin mit Klamotten voll eingedeckt hatte. Alle trugen Holzfällerjacken und Blousons mit noch viel dickeren Aufschriften, auch welchen auf Ärmeln und Oberschenkeln, dazu jede Menge Sneakers und Jogging-Schuhe, nie zuvor waren mir so viele Sneakers begegnet, und auf dem Marktplatz hatten sie einen »New Yorker« eröffnet. Da, wo früher das Café Resi war. Insofern war das Ganze eine Enttäuschung, die Girsewalds aus der Beethovenstraße waren auch ausgezogen. Schließlich fuhr ich zwei Tage früher als geplant wieder nach Hause, traf spätnachmittags in … leben ein, etwas niedergestimmt und müde.

Das erste, was mir auffiel, als ich das Haus betrat, war spiegelnder Glanz: Hier war unglaublich gewienert worden. Unten im Treppenhaus hing eine große goldene Zehn, und mir fiel auch der üppige Duft auf, der aus dem hinteren Teil des Parterres herzurühren schien, und der zunahm, als ich ihm folgte. Eine Mischung aus Kaffee, frisch Gebackenem und noch etwas anderem – etwas Teurem.

»Sind Sie da?«

Anscheinend war mein Kommen (unter der leisen Musik) nicht unbemerkt geblieben. Chypre, das mußte Chypre sein, ich bin kein Kenner, aber so etwas hatte ich schon einmal gerochen, in Dresden.

An meiner Dresdnerin. Und für einen Moment stockte mein Herz, war es möglich, könnte es sein?

Kommen Sie. Nein.

Hingegossen in einen Sessel, saß Frau Stumpe in einem roten Kleid, wer beschreibt mein Erstaunen, in einem togoroten, schön anliegenden Seidenkleid, als ich durch die Tür trat. Die Beine hatte sie gekreuzt, ein feinbestrumpftes Bein länger als das andere, sehr helles Make-up, kleingemalter Mund, auch neue Haarfrisur, ganz nach hinten mit ein paar losen Locken über den Ohren. Sie trug längliche Ohrringe. Ich will wirklich nicht zu weit gehen, aber das war eine verführerische Frau Stumpe, wenn man eine Vorstellung hat, wie das aussehen mochte.

Einen Arm ausgestreckt auf der Rückenlehne, den Kopf auf dem Arm ruhend, war sie sehr verloren, aber auch sehr hingegeben. Auch hatte ich sie noch nie so recht im Profil gesehen. Und als ich näher trat und sie den Kopf wandte und mich hier stehen sah, hatte sie noch zwei Sekunden lang den süßfernen Blick, der dann totaler Ungläubigkeit wich.

Sie schrie gellend.

»Sie!«

*

Am nächsten Morgen kündigte sie. Sie sei, wie sie erklärte, nicht gewillt, weitere Kränkungen hinzunehmen, ich glaube, es gab sogar ein »entweder, oder« mich betreffend, als ob ich etwas dafür konnte. Der Onkel nahm mich dann auch nach dem Frühstück beiseite, um mich zu beruhigen:

»Keine Angst, sie meint's nicht so.«

Während die Dame bereits fertig in Hut und Mantel die Koffer vor die Tür trug, unterm Arm das kleine Radio in Form eines Cadillacs, und der Onkel noch immer zu beschwichtigen versuchte:

»Glaub mir, sie kommt wieder, sie wird wiederkommen, keine Angst.«

»Habe ich gar nicht«, antwortete ich wahrheitsgemäß, »ich habe eher Angst, *daß* sie wiederkommt.«

»Um Gottes willen, laß sie das nicht hören«, rief er aus, während draußen die Haustür mit endgültiger Erschütterung zufiel und der Onkel betroffen lauschte.

»Andererseits«, sagte er, »ist es so vielleicht sogar besser.«

– – –

Und das hätte er eben nicht sagen dürfen. Denn es verging keine halbe Stunde, bis wir den Schlüssel wieder im Schloß hörten – diese Haustür erzeugte nur schwere Geräusche –, wir hörten Schritte, die Tür zufallen. Frau Stumpe schweratmend, anscheinend war ihr Zorn doch nicht ausreichend gewesen.

Nachts kam sie auf meine Bude. Ich glaube, es war dieselbe Nacht oder war es ein paar Nächte später. Ich hatte mich schon hingelegt, weil ich am nächsten Morgen früh raus mußte; geschlafen hatte ich noch nicht, nur geruht und auf das Tatum Tatum gelauscht, das vom Nachbarhaus herüberdrang. Ich dachte, was machen sie denn dort, was für Wasserhähne fabrizieren sie mitten in der Nacht. Nicht laut und eigentlich nicht unangenehm, oder hatte ich doch schon geschlafen (eingewoben in Klavierklänge). Als die Tür aufging: Frau Stumpe im grauen Licht, im Nachtgewand. Ich weiß nicht, was sie sich davon versprochen hatte, wollte sie vielleicht menschliche Nähe herstellen. Eine Übereinkunft, ein stillschweigendes Einverständnis? Jedenfalls sagten wir kein Wort, ich nicht in meinem Bett und sie an der Tür auch nicht. Schließlich ging sie zum Fenster, blickte hinaus, bewegte die Gardine. Dann blickte sie in meine Richtung, ans Fenster gelehnt, blickte wieder hinaus. Ich hob den Kopf aus dem Kissen. Nichts. Sah das graue Nachtgewand – ich selbst schlafe immer nur im Oberteil, das Deckbett möglichst dick aufgehäuft –, legte den Kopf zurück ins Kissen und leuchtete durchdringend mit meinen weißen Augäpfeln.

5
Offset

Es kam der Tag – nicht der siebte Siebte, auf den komme ich noch –, es war ein dritter April, an dem der Onkel die Karten aufdeckte, und er tat es wie ein Zauberkünstler auf der Bühne.

Nun war ich nicht ganz so unwissend, wie ich mich stellte. Man malt nicht monatelang silberne Streifen und kleine graue Männchen, ohne sich dabei etwas zu denken – es wäre Heuchelei gewesen –, natürlich hatte ich mir etwas dabei gedacht! Andererseits, wenn wir schon bis hierher gelangt waren, dachte ich mir, wollen wir doch dem Onkel nicht den Spaß nehmen.

Dieser, sehr professionell in Hemdsärmeln und Hosenträgern, hatte sich den Auftritt genau zurechtgelegt, ich glaube, er trug sogar einen grünen Augenschirm. Es war ein bedeckter Vormittag, zuvor hatte es etwas geregnet, wir befanden uns in dem vorderen Zeichenzimmer, und es herrschte gleichmäßiges Licht ohne harte Schatten. Jetzt hob der Onkel einen Bogen hoch, der auf der Vorderseite den Silberstreifen trug.

»Ein Papier.«

Dann hob er einen zweiten Bogen hoch, diesmal

mit aufgemaltem Kopf, es war dies der Mann mit der Klappenmütze, ohne Bart: »Und noch ein Papier.«

Und nun?

Ich hatte mir schon überlegt, ob ich mich nicht strafbar machte. Ich meine, ich war ja unschuldig, ich hatte nur ein wenig gemalt und Striche gezogen, sozusagen. Wenn dem ein anderer Sinn untergeschoben wurde, dafür konnte ich ja nichts. Und der Onkel ein Verbrecher? Das konnte ich mir beim besten Willen nicht vorstellen. Ein Künstler wohl eher (Zauberkünstler). Jetzt hielt er beide Papiere hoch und wedelte damit in der Luft herum.

Und nun das große Geheimnis:

»Aus zwei mach eins!«

Der Onkel legte die beiden Bögen aufeinander, und zwar so, daß je die Seite mit dem Streifen und die Seite mit dem Kopf aufeinander zu liegen kamen, sich gegenseitig verdeckend. Und nun?

»Nun klebst du sie zusammen.« (Hast du ja lange genug geübt, murmelte der Onkel.)

*

Augenblick mal.

Das sollte es gewesen sein? Das ganze Geheimnis? Ich gebe zu, daß ich einigermaßen enttäuscht war. Wieso kam dann bisher niemand darauf, wenn das so einfach sein sollte. Einfach zuklappen und fertig?

Jeder Idiot hätte darauf kommen können, meiner Meinung nach.

Kam er aber nicht.

»Das Perfekte ist immer das Einfachste«, erklärte der Onkel, »und das Einfachste immer das Perfekte.«

Und wenn wir jetzt den Klebstoff aufsprühen, Collagen X-100, nicht zuviel und nicht zuwenig, wenn wir mit der Gummiwalze das eine Blatt auf das andere walzen, nicht zu schnell und nicht zu langsam, und ohne Blasen! – und wenn wir jetzt auch noch wissen, was wir tun, dann paßt alles, was wir bisher getan haben, zusammen: Es ist eine Doublette!

Wie sonst sollte man denn ein Wasserzeichen mitten ins Papier bringen, denn das ist ja nicht gut möglich, mitten *zwischen* das Papier? Und den Sicherheitsstreifen? Befühle es, was fühlst du? Halte es gegen das Licht, was siehst du? Gegen das Ohr, hörst du es? Ich hörte das leicht getönte Knistern, das feste und unverwechselbar pergamentartige, ich sah es. Und noch etwas sah ich: die Qualität! Für einen Moment – es war wirklich ein nur sehr kurzer Moment – kam mir der Gedanke, nein, sogar die Überzeugung, daß solche Qualität ein Verbrechen rechtfertigt. Um Gottes willen, man verstehe mich nicht falsch, es war nicht *meine* Überzeugung, sie drängte sich mir nur auf.

Wasserzeichen übrigens ist nicht ganz der korrekte Ausdruck. Wasserzeichen sind Wachsdrucke, sie stehen dunkel auf hell, gegen das Licht hell auf dunkel, einem Fettfleck vergleichbar. Unser Wasserzeichen dagegen – das keines war – erschien auf dem Papier überhaupt nicht, vorne nicht und hinten nicht, gegen das Licht gesehen aber dunkel auf hell! Also umgekehrt.

Der Sandwicheffekt.

Jeder Fotokopierer, so führte der Onkel aus, könne heutzutage fix mal fixe Geldscheine kopieren. Für fünfzig Pfennig. Doppelseitig und in Farbe, und sie sehen sogar so aus.

»Aber was er nicht kann...«

»...den Sandwicheffekt, den kann er nicht«, ergänzte ich verständig, »das ist mir alles klar, lieber Onkel, was mir aber nicht klar ist: Das Papier haben wir nun, und lange genug hat es ja gedauert (mehr als ein halbes Buch), aber womit bedrucken wir es denn? Ich meine, wenn es so lange gedauert hat, auch nur das Papier herzustellen, wie unendlich viel Zeit werden wir erst für die Druckstöcke benötigen, diese, wie man weiß, wertvollen, äußerst kunstvoll gestochenen, schweren Gravurplatten, wie man sie immer zum Drucken braucht, – wie man es immer gesehen hat. Ich meine, wann machen wir denn die?«

»Gar nicht«, erwiderte der Onkel.

»Aber dieser Zehner«, ich hob ungläubig einen

Zehner hoch, »wie kriegen wir denn den aufs Papier, ich meine, den müssen wir doch erst einmal drucken?«

»Das dürfte von allem das Einfachste sein«, erwiderte der Onkel fast nebenher, »wir kaufen eine Offsetmaschine, die kann das ganz alleine. Photomechanisch vollautomatisch mit Spezialkamera: Oben deinen Zehner hinein und unten tausend heraus, nichts einfacher als das. Wie eine Legehenne.«

– – –

Tatum tatum.

– – –

Mit eingebautem Entwicklerteil.

Bei dieser Gelegenheit fiel mir ein, daß ich den Keller noch nie betreten hatte, und was gar den Dachboden betraf, wußte ich noch nicht einmal, ob dieser überhaupt existierte. Jedenfalls führte kein Weg hinauf. Das oberste, das man in diesem Haus finden konnte, war der brückenartige letzte Treppenabsatz unter dem Glasdach, von wo aus man ohne weiteres Steine und Balken ins Parterre hätte schmettern können, zumindest stand dort ein gewaltiger Schrank, der möglicherweise schwere Gegenstände enthielt (zuzutrauen wäre es ihm, und damals kannte ich noch nicht einmal den Ausgang der Geschichte). Ein Haken für den Flaschenzug? Eine Tülle für flüssiges Blei?

»Das ist ja eine wahre Festung«, rief ich aus, »die du dir da gebaut hast!«

»Aha!«

*

So entdeckte ich auch noch dieses Geheimnis, hinter der Tür, die ich immer für einen Schrank gehalten hatte.

Spätnachmittags gegen fünf. Die Sonne hatte tagsüber auf dem Glasdach gebrütet und den obersten Treppenabsatz stark erwärmt. Ich horchte hinab. Der Onkel hatte vor einer halben Stunde das Haus verlassen, aber Frau Stumpe war da unten tätig, ich hörte sie gegen die Wandleisten bummern, später klapperte sie in der Küche mit Geschirr. Das Türschloß stellte kein großes Hindernis für mich dar, ich benutzte einen der flachen Zimmerschlüssel mit geradem Bart, von denen schon der vierte schloß. Dahinter führte in Türbreite eine steile Treppe nach oben zu einem dämmrigen Viereck. Dachbodengeruch.

Bevor ich hinaufstieg, schloß ich die Tür sorgfältig hinter mir ab und verharrte eine Sekunde: Befand ich mich doch an der Schwelle zum Illegalen, ich meine, Onkels Verbrechertum betraf schließlich auch mich in gewissem Sinne, würde ich doch ebenfalls zur Verantwortung gezogen werden, fände man das Nest.

In solchen Gedanken stieg ich die Treppe aufwärts, wo sich der Bodenraum dämmrig zu den Dachsparren ausweitete, sehr hoch, mit den gemauerten Säulen der Kaminzüge. Eine Dachbodenwelt, so groß hatte ich mir sie nicht vorgestellt. Vor allem herrschte hier nicht das übliche Durcheinander von Stellwänden und aufgestapeltem Gerümpel, der hölzerne Boden war bis in die fernen Ecken leergefegt und bemalt. Das allerdings war eine Überraschung: Die Bodenbretter waren mit Kurven und Flächen bemalt, weiß und graublau, braun und dunkelrot, ich mußte zweimal hinschauen, bis ich erkannte, was das war. Vom nördlich kühlen Weiß bis zum tropisch glühenden Rot, eine Weltkarte, es war eine riesige Weltkarte, die da aufgemalt war. In Klimafarben über den ganzen Bodenraum! Allein Afrika war drei mal vier Meter groß und von Portugal bis Kamtschatka waren es mindestens acht Meter zu gehen.

Beleuchtet wurde das Ganze von zwei hoch angebrachten Dachfenstern: Die Küstenlinien, Buchten, Inseln und Halbinseln scharf abgesetzt, die Meere gemasert. Sehr schön. Ein wirklicher und wahrer Weltbesitz war das und auf die unschuldigste Weise erworben, möchte man sagen. Ich weiß nicht, was ich hier oben erwartet hatte, Reihen von Druckwalzen, kleine arbeitende Männchen mit Augenschirmen und grünen Schürzen? Und nun stand ich plötzlich in der Höhe von Grönland.

Donnerwetter.

Sollte ich so sehr fehlgegangen sein. Verstreut über die ganze Anlage, standen Schüsseln unterschiedlicher Größe, besonders viele in Europa und im südlichen Teil Asiens, auch im mittleren Amerika. Einige sehr groß mit einer Menge Sand darin oder andere sehr kleine Schüsselchen mit nur ein paar Körnchen, als ob sie etwas Besonderes wären.

Handelte es sich etwa um eine wertvolle Sammlung, die der Onkel angelegt hatte? Über der Ukraine zum Beispiel stand ein ziemlich großer Pott mit knallschwarzer Erde und in der Nähe von Odessa ein ebensolcher, etwas weniger schwarz. Ich wußte ja, daß der Onkel weit gereist war, aber doch nicht in diesem Ausmaß. Anscheinend hatte er sich von überall »Muster« mitgebracht, und ich konnte mir plötzlich gut vorstellen, wie man ihm irgendwann den Koffer aufschlitzte, weil jemand sonstwas vermutete (Cocain?). Ach, Onkel!

Überhaupt Seesand. Das schien seine besondere Leidenschaft zu sein. Überall an den Küsten sah ich Schälchen mehr oder minder weißen Inhalts: Feine grauweiße Ostsee, körniggelbes Madras, schwarzweißer Strandsand aus Costa Rica und der ganz schneeweiße pulverige vom oberen Florida. Und alle sorgfältig ausgeschildert. Ich sah Kartoffelerde aus Güstrow, Mecklenburg mit dem Datum 3. 4. 52, mäßig ergiebige Erdscholle von der Magdeburger

Börde und elegante graue (gris) aus Amiens, Frankreich. Unter welchen Strapazen mochte er das alles gesammelt haben. Schwemmerde vom unteren Nil. Nephritfarbene Erden aus Japan und gelber Löß aus der Mandschurei. War der Onkel in der Mandschurei (Mandschurien) gewesen?

Oder gab es da möglicherweise ein Versandhaus, einen Interessenten-Club, eine Art Briefmarkenbörse für Sände und Erden. Wer weiß. Oder sollte der Onkel gar schummeln? Und wen beschummelte er, sich selbst?

Ich befand mich hier auf dem durchwärmten Dachboden und war in der Lage, gleichzeitig mit einem Fuß im Mergel des bayerischen Voralpenlandes und mit dem anderen auf der Kreide von Dover zu stehen, beides um fünf Uhr. Besonders angetan hatte es mir eine kleine, aber feine Sammlung von Farberden aus Oberitalien. Da gab es reinen Ocker, nach Beschilderung natur aus dem Cecina Flußtal, Terra di Pozzuoli, ungebrannte Siena, umbrische grüne Erde und reines caput mortem aus der Gegend von Urbino. Kein Wunder, daß die Leute dort zu malen verstanden, bot sich ja fast von selber an.

Böhmische Granaterde! Zinnoberfarbener Quecksilbersand aus Afghanistan! Ich gebe aber zu, am exotischsten fand ich einen Bottich voll Kies aus Berlin, in den ich mich setzen konnte, und nun war ich in Berlin. Welch ein Gefühl. Ich sehe, ich muß

Schluß machen. Dabei hatte ich die reichen Humuserden der großen tropischen Regengebiete noch gar nicht gewürdigt, auch nicht die schöne rostige Krume aus Swaziland. Es war spät genug, der Onkel mußte gleich nach Hause kommen.

Später, als ich ihm im Treppenhaus begegnete, sah er eigentlich nicht wie ein Weltbesitzer aus, er war immer etwas zu dünn in seinem Anzug. Jetzt hielt er kurz an, um einen Zehner aus der Brieftasche zu nehmen, hob ihn in die Höhe: »Was ist das?«

»Ein Zehner.«

– – –

»Zwei Zehner«, sagte ich schnell, »einer vorne, einer hinten.«

– – –

»Also eigentlich zwanzig Mark«, sagte ich mit hellen Augen.

Der Onkel ging befriedigt davon.

*

Die Delegation erschien ganz unverhofft vor unserer Tür. Hatte bereits bei Mauser, Hartenberg und Kalanke ohne Erfolg geklingelt, was Wunder, und läutete nun Sturm bei Fajngold. Als letztem in der Reihe lauter tauber Leute (ungehalten). Dabei wollten sie schließlich etwas vom Onkel, und nicht der Onkel von ihnen. Zunächst trafen sie aber auf Frau Stumpe – ich habe immer wieder festgestellt, daß sie in dieser Funktion ungeschlagen war –, Frau Stumpe, den Eingang zum Treppenhaus blockierend: Nein, Mausers, Hartenbergs, Kalankes seien alle verreist, während die Abgesandten hinauf zum gestirnten Dach des Treppenhauses blickten und sich wunderten.

»Die ganze Familie Mauser?«

»Verreist«, sagte Frau Stumpe.

Ein langer, drängender Blick ins Treppenhaus.

»Die Hartenbergs?«

»Verreist.«

»Kalankes?«

»Verreist, verreist«, sagte Frau Stumpe, nein, sie sei hier der Hauswart und müsse es wissen: Alle seien zur Beerdigung nach Königsberg gereist, früherem Kaliningrad – ich darf sagen, so ausführlich hatte ich Frau Stumpe noch nicht erlebt, eine geradezu erstaunliche Vorstellung –, ich selbst stand ungesehen im ersten Stock auf der Treppe und hörte alles mit an.

Ob man nachschauen könnte? Nein, sagte Frau Stumpe, sie sei hier verantwortlich, und bei Fajngolds, da müsse sie erst selber nachschauen, ob jemand zu Hause sei, Frau Stumpe ungeschlagen, und am Ende mußten sie allesamt abziehen, versprachen aber, am nächsten Tag wiederzukommen. Also ich erklärte dem Onkel, daß es unklug sei, sich total abzuschließen. Es erwecke Mißtrauen, erklärte ich ihm, möglicherweise sogar Verdacht, wenn sie die vielen Etagen sähen: Wenigstens du solltest zu Hause sein und nicht in Königsberg, wir können ja immer noch sagen, daß du nur der Bruder seist. Das leuchtete ihm irgendwie ein. Jedenfalls am nächsten Tag trug er eine Joppe, in der er tatsächlich wie sein eigener Bruder aussah, in dieser sehr häßlichen Joppe, als die Leute von der Straßeninitiative wieder erschienen:

Ein älteres Lehrerehepaar, ein Architekt aus der Nachbarschaft, ein Bezirksinspektor, der privat teilnahm, Herr Dönninghaus von nebenan (den kannte ich), noch eine Lehrerin und als siebter der Kneipenwirt vom Ecklokal Gudrunklause, der hier sein spezielles Interesse vertrat. Es handelte sich wie gesagt um die Gudrunstraße – habe ich noch nicht gesagt – genauer, um den Namen »Gudrunstraße«, der abgeändert werden sollte, sie dagegen, das Komitee, verträten die Meinung der Straßenbewohner, nämlich den alten schönen Namen beizubehalten, wofür sie alle geschlossen zeichneten.

Das Ganze fand in dem mahagonigetäfelten Arbeitszimmer statt, wo die Leute gebannt auf Onkels Kolonnaden mit den roten Giebeln starrten. Während dieser aber zunehmend fröhlicher wurde, als er hörte – ich will es einmal überspitzt sagen –, daß er jetzt noch nicht verhaftet werden sollte. Wie also sei das zu verstehen, die Gudrunstraße sollte in die

Gerhard-Eppelmann-Straße umbenannt werden? Dagegen hätte er ja nichts.

Nein, das Komitee saß angespannt auf den Stühlen, sie verträten die Meinung aller Bewohner der Gudrunstraße, die alle gezeichnet hätten, die Straße *nicht* umzubenennen.

»In die Gerhard-Eppelmann-Straße?« fragte der Onkel.

»Ja.«

Dagegen habe er nichts. Nein, noch einmal von vorn, alle Bewohner, alle hiermit Unterzeichnenden, lehnten die Eppelmannstraße ab, sie wollten weiterhin mit ihrer Gudrun im Verband der Wieland-, Siegfried-, Dietrichstraßen verbleiben, besonders der Eckwirt, der seine Gudrunklause hätte umbenennen müssen. Das verstehe er wohl, sagte der Onkel, in die »Eppelmannklause«.

Also noch einmal von vorn: Alle Bewohner dieser Straße hätten unterzeichnet, verstehen Sie? Das verstand er. Es handele sich darum, daß alle unterzeichnet hätten, sie wollten keinen Eppelmann. Ja, sagte der Onkel, er wisse auch nicht, wer das sei, keine Ahnung, aber er würde gern in einer Gerhard-Eppelmann-Straße wohnen.

*

»Man kann sich ja fürchten«, rief ich aus, nachdem die Delegation abgezogen war, »da hattest du die

Gelegenheit, dich angenehm zu machen, auf unauffällige Weise – angenehm unauffällig –, statt dessen legst du dich mit der ganzen Straße an. Man glaubt es nicht (wenn du schon ein Verbrecher bist, kannst du dich nicht wie einer benehmen)!«

»Die Deutschen«, erklärte er, »wollen immer, daß man ihre Meinung teilt.«

»Das ist es ja, was ich meine«, rief ich aus, »teile sie doch, um Himmels willen!«

In diesem Fall wollte der Onkel lieber auswandern.

»Hast du gesehen, was sie mit Berlin machen, ein Trauerspiel. Alle Welt baut Türme, hohe, ehrenhafte, blaue, grüne, gelbe, begeisternde Türme. Geradezu versessen sind sie aufs Türmebauen. Was bauen sie in Berlin – mein Gott, mein Gott, der Gelegenheit des Jahrtausends –, was bauen sie, sie bauen Richthöhen. Ich frage dich, wie kann man in einem Land leben, in dem sie Richthöhen bauen«, hier versagte dem Onkel die Stimme.

»Wirklich gebrochene Leute. Sie bauen auch keine Eingänge, nirgends kann man hineingehen. Eingänge müssen ehrenhaft in Front sein mit zwei Säulen rechts und links. Der Gast soll denken, da gehe ich gerne hinein, es ist mir eine Ehre, dort hineinzugehen. Wo haben die Deutschen ihren Eingang? Möglichst weit hinten um die Ecke, ist dir das einmal aufgefallen? Bestenfalls seitlich, wo man ihn auch nicht findet, vielleicht auch nicht finden soll – wirklich gebrochene Leute.«

»Und warum«, fragte ich, »sagst du immer, die Deutschen. Du bist doch selber einer.«

»Wir Deutschen«, erklärte der Onkel, »haben längst den Platz der Indianer eingenommen, ein für allemal. Wir sind jetzt diejenigen, die am Ende des Films immer in die Reservate müssen. Deshalb ist Herr Dönninghaus zum Beispiel Franzose, Frau Schminke ist Litauerin, und Frau Stumpe hier scheint auch von irgendwoher zu kommen, ich selber bin Jude, nur kann ich das niemandem begreiflich machen. Ich wollte, Reich-Ranicki wäre mein Freund, aber der ist gnadenlos. Italiener sind auch gnadenlos, doch umgänglicher.«

Als die Delegation das nächste Mal vor dem Haus erschien, wurde sie gar nicht erst vorgelassen. Der Onkel erklärte: Hier kommt mir keiner rein! Und Frau Stumpe formulierte diese Mitteilung dann nicht ganz so kraß, aber fast. Ich sehe die traurige Gruppe, die schließlich nur ihre Unterschriften komplett haben wollte, wie sie draußen mit dem langen Zettel auf der (nebligen) Straße stand, als ob sie wirklich dort gestanden hätte. Wie sehr mußten die Leute den Onkel gehaßt haben.

*

Also kauften wir eine Offsetmaschine.

Eines Morgens warfen wir uns in Schale, der Onkel war mit seinem Schwarzgemusterten sowieso gut angezogen, aber für mich hatte er einen Fünfhundertmark-Anzug gekauft – Sonderabteilung –, gestreiftes Hemd, Krawatte, sogar die Haare hatte ich mir schneiden lassen. Ich sage das leicht dahin, handelte es sich doch für mich um einen ersten Schritt, lag darin bereits ein Vergehen? Strafwürdigkeit? Die Sache war so gedacht: Ich als Repräsentant einer im Aufbau befindlichen Schweriner Firma war zu diesem Zweck eigens aus Schwerin angereist, wo im Rahmen der neuen Initiative (Aufschwung Ost) eine Druckerei eröffnet werden sollte. Wo? In Schwerin. Nichts Großes selbstverständlich, kein kostpieliger Aufwand, lassen Sie uns das erklären, es war eher an einen kleinen Werbebetrieb gedacht. Mit einem Modell, das wir im Auge hatten.

Der Onkel fand das sehr plausibel und der nette Mann im Kontor auch, in dem auf dem Werkshof befindlichen Kontor. Also, ich hatte mir das Ganze eigentlich etwas großartiger vorgestellt – immerhin waren wir ernstzunehmende Käufer –, etwas direktionsmäßiger, westlicher, vor allem in einer höheren (höchsten) Etage stattfindend. Statt dessen saß da ein Werkmeister, der bestimmt sehr nett war, ein Wernicke mit schlesischem Akzent, der wissen wollte, wie viele.

Wieviel was?

Wie viele Maschinen.

Zunächst nur eine. Wir hatten an eine Fixaprint gedacht oder an eine Heidelberg 102 ZP für DIN A4-Format.

Speedmaster?

An eine Speedmaster dachten wir eigentlich nicht.

Daran dachten Sie nicht, sagte der Werkmeister nickend, er hätte eine Rotarapid anzubieten, eine Neuentwicklung der Terra.

Scanner?

Scanner, nickte der Werkzeugmeister, vollautomatischer Scanner mit Scharfabtastung.

Das hörte sich für mich einigermaßen gut an. Der Onkel hatte mir den Wirkungsmechanismus genau erklärt für den Fall, daß ich in Verlegenheit kommen sollte. Um wenigstens ein Basiswissen vorweisen zu können. Hatte mir im übrigen eingeschärft, mich streng zurückzuhalten (nicht zu mucksen). Der Vollständigkeit halber will ich hier die Instruktionen, die er mir gegeben hatte, kurz wiederholen – man könnte sie getrost überfliegen, es geht dann weiter: Die Deutschen … – der interessierte Leser jedoch, der an der Herstellung Interessierte, sollte folgende Seiten sorgfältig lesen. Ich weiß, es ist rein technisch und möglicherweise auch etwas einschüchternd, es handelt sich also um die Flachdruckmethode. Was ist das?

Als Druckplatten dienen Aluminiumfolien mit einer Schicht aus Silberhalogenid. Wird diese mit dem Original belichtet, zeigt sie nach Durchlauf durch ein Aktivatorbad ein zunächst positives Bild. Ein negatives Bild entsteht dann durch Hydrophilierung des metallischen Silbers an den *bisher* bildfreien Partien, und das heißt, diese Stellen können befeuchtet werden und drucken nicht, die *jetzt* bildfreien dagegen bleiben trocken und drucken – das Negativ druckt also ein Positiv. Bißchen verwirrend. Oder noch anders gesagt, entgegen der üblichen Vorstellung von Vertiefungen und Erhöhungen drucken diese Platten ausschließlich nach dem Feuchtigkeitsgrad. Merke:

Die wasserabstoßenden Partien nehmen die Fettdruckfarbe an.

Die wasserfreudigen stoßen sie ab.

Soweit es nun die Maschine selbst betrifft, besteht sie im wesentlichen aus drei rotierenden Zylindern. Der erste, der Formzylinder (1) trägt die Druckplatte, die belichtete Aluminiumfolie. Der zweite, der Gummituchzylinder (2) übernimmt die Druckfarbe und prägt sie mit Hilfe eines Gegendruckzylinders (3) auf das zu bedruckende Material (präpariertes Papier). Also nicht direkt, sondern über das Gummituch indirekt. Merke:

Zusätzlich gibt es noch ein Farbwerk (4) und ein Wasserwerk oder Feuchtwerk (5), da der gesamte

Druckvorgang ja unter ständiger Befeuchtung stattfindet. Es gibt da noch weitere Finessen, Alkoholfeuchtwerke mit unterschiedlichen Alkohol-Wasser-Mischungen oder sogar wasserlose Spezialplatten (Toray-Platten) mit intensiv farbabstoßenden Oberflächen wie Silikongummischichten, doch das alles ist schon höhere Mathematik, uns genügt die Grundausführung, oben einen hinein, unten tausend heraus. Und zum Überblick noch eine schematische Darstellung:

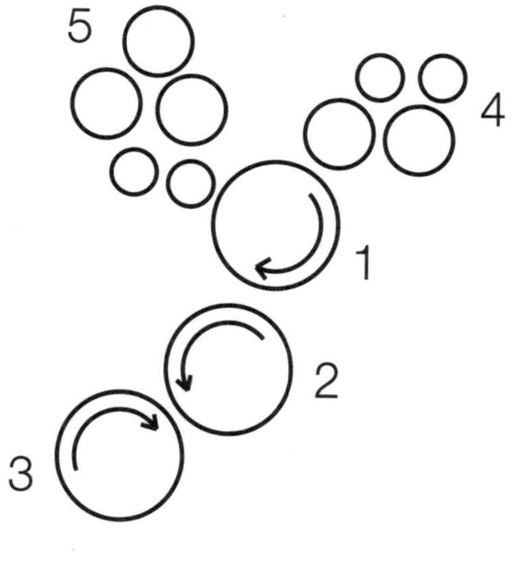

»Was aber«, hatte ich den Onkel gefragt, »steht denn nun bei uns im Keller?«

Denn da steht doch etwas (tatum tatum).

»Gut, daß du das fragst, mein Junge«, er legte mir

den Arm um die Schulter und schien in eine andere Zeit zu blicken. Gut, daß ich das gefragt hatte.

»Mein lieber Junge«, sagte er, »zu meiner Zeit kannten wir noch keines dieser Monster. Wir haben noch von Hand gearbeitet, die Platten im Kopierrahmen entwickelt, von Hand eingelegt. Keine so flinke Aluminiumfolien, wie man sie jetzt hat, sondern harte, spröde aus Zink. Und wir haben noch mit Cyanid retuschiert, stell dir vor, mit dem spitzen Bleistift markiert, alles von Hand. Heute gibt es Abschwächer, Punktscanner, was weiß ich. Eloxalplatten, die selbsttätig wasserführend sind. Ach mein Lieber«, er seufzte und schien dorthin zu blikken, wo es noch keine wasserführenden Eloxalplatten gab.

»Kannst du dir vorstellen, daß wir noch vollkommen seitenverkehrt gearbeitet haben. Ich meine, immer von rechts nach links, wenn es von links nach rechts gehen sollte. Das ging soweit, daß ich mir schließlich mein Butterbrot verkehrt herum gestrichen habe.«

Haha.

Was ich am Ende aber doch gerne gewußt hätte, was denn nun bei uns im Keller stand?

»Eine Kiekebusch 1919«, erklärte der Onkel feierlich, »und das ist ein wirkliches Museumsstück.«

*

Es mag vielleicht noch interessieren, welches Fabrikat und welchen Typ wir denn nun kauften (Interessierte werden auf die einschlägigen Fachbücher verwiesen, etwa »Handbuch des Druckereigewerbes«, 1983 von Gierke und Koof im Ullstein Verlag, oder »Advanced Offset Printing« by C. B. Purslow, Bedlam Press, Boston 1987): Es war also eine Klein-Offset Rotarapid nulleins – nicht null – DIN A4, Dreifarbenautomatik, die wir am Ende günstig erstanden, da sie Lagerbestand war. Den Preis will ich hier nicht nennen, da er sehr hoch erscheinen würde. Immerhin handelte es sich um eine Investition.

Zuvor aber zeigte sich der Onkel noch als Fachmann, als es nämlich um die Extras ging, und bei dieser Gelegenheit konnte ich die Maschine zum ersten Mal in Augenschein nehmen, eine Schönheit! Stahlblau lackiert, mit abgerundeten Ecken und einem schräggestellten Auslauftisch, dazu jede Menge Sichtfenster, alle elektronisch mit Digitalanzeigen, ein technischer Traum! Und gewissermaßen preiswert.

Automatischer Druckplattenwechsler?

Hat sie.

Bogenbremse?

Hat sie.

Greifer für Bogenführung? Schwenkarm? Stapelkorb?

Hat sie nicht, sind aber nicht nötig.

Stapelwender?

Nein.

Wollen Sie eine Doppelbogensperre? Verreibewalze? Dosierwalze? Nein, sagte der Onkel, machen wir von Hand, haben wir früher ja auch von Hand gemacht, und der Werkmeister (Werkzeugmeister Wernicke) stimmte verständig zu. Die Maschine wurde dann an einem Mittwoch geliefert, als ich außer Haus war, so daß ich sie nicht mehr zu Gesicht bekam. Lediglich der Stapel Verpakkungsmaterial zeugte von ihrer Ankunft – ich hätte gerne gewußt, was sich die Nachbarn dabei gedacht hatten –, der dann am nächsten Tag, Donnerstag üblicherweise, von der Müllabfuhr mitgenommen wurde.

*

Die Deutschen tragen keine Schuld.

– – –

Nehmen wir Frau Stumpe hier, sagte der Onkel, sie trägt bestimmt keine Schuld (ganz sicherlich nicht), aber es macht ihr nichts aus, zwei Stunden lang in dieses Gesicht zu blicken. In welches Gesicht? Sehen Sie, Sie wissen noch nicht einmal, wen ich meine.

– – –

Oder nehmen wir Herrn Dönninghaus, meinen Sie, daß Herr Dönninghaus in der Lage sei, Herrn Dieter Jonas Huck auf die Oberlippe zu blicken? Ohne zu schaudern? Er ist es.

– – –

Und wie hält er das aus? Indem er nicht sehen kann und hören anscheinend auch nicht. Allein die Stimmlage müßte ihn zerschmettern.

– – –

Keine Augen, keine Ohren, Nasen auch nicht. Sie merken nichts, sie spüren nichts, sie denken. Sie denken immerfort, sie können nichts dafür, sie sind tiefe Denker (die Deutschen tragen keine Schuld).

– – –

»O mein Gott«, stöhnte der Onkel, »wir sind Denker, helfe uns Gott!« Insofern waren das ja keine Neuigkeiten, mir wurde aber erschreckend klar, was der Mann hier seit langem veranstaltete, er hielt seinen eigenen Erdgipfel ab! Als Dauerzustand und ganz für sich allein, helfe ihm Gott. Jemand, der sich selbst seine Meinung verkündet und sie anhört, ich glaube, einsamer kann ein Mensch nicht mehr werden.

»Sag mal, Onkel«, fragte ich vorsichtig, »äußerst du solche Ansichten eigentlich auch außerhalb? Ich meine, hier drinnen kannst du sie ja äußern, aber ob Herr Dönninghaus zum Beispiel die richtige

Adresse ist, wage ich zu bezweifeln. Eines schönen Tages, fürchte ich, werden sie dich erschlagen.«

*

Bisher war ich an der Kellertür immer vorbeigelaufen, sie war als solche auch kaum zu erkennen, eigentlich gar keine Tür, nur Teil der Holzverkleidung unter der Treppe. Ich hatte mich den ganzen Tag in einer sehr zwiespältigen Verfassung befunden, einerseits als Mittäter besorgt und verunsichert, andererseits begierig auf das, was ich dort unten zu sehen hoffte (das große Geld). Und als jetzt der Onkel den Schlüssel umdrehte – das Schlüsselloch war auch schwer zu finden –, drang da eine Kellerluft herauf, also eigentlich war das gar keine richtige Kellerluft, irgendwie lackiert. Der Keller war vollständig leer.

Wir schritten durch die einzelnen Räume, die türlos waren, weiß gestrichen und hell beleuchtet. In ihrer Anordnung entsprachen sie genau dem Grundriß der höheren Etagen – als wir sie abschritten –, stimmten sogar mit ihrer Deckenhöhe überein. Also das war ein wirklich leerer Keller, nicht einmal die restlichen Kohlehäufchen und die gebrauchten Einmachgläser waren vorhanden, nur in einem der vorderen Kellerräume stand ein einsamer Tisch. Auch leer.

Allerdings gab es da im Hintergrund zwei feuersichere Stahltüren. Die eine führte in einen Heizungsraum mit einem roten Heizkessel in der Mitte, einem jener automatischen Öfen mit Warmwasseranteil, der vor sich hin bollerte, als wir eintraten – die andere führte in den Tankraum, von dem quer unter der Decke zwei nebeneinanderliegende Kupferrohre zum Heizungsofen zogen. Dieser Raum erwies sich als überraschend groß und wurde von dem Öltank fast völlig ausgefüllt: einem riesigen Öltank, etwa vier mal vier Meter mal zweieinhalb (hoch), das reichte für glatt vierzigtausend Liter, dachte ich mir, da kann der Onkel für mindestens zehn Jahre tanken.

Vorsorglich.

Er schien denn auch hier drinnen auf Ordnung zu halten. An der Wand klebte der Zettel einer erst kürzlich erfolgten Inspektion, und der Tank selbst, aus übermannshohen Eisenplatten zusammengeschweißt, war ohne jeden Rostfleck, makellos stahlgrau, mit nur leichtem Dieselgeruch behaftet. Der in der Luft hing.

Ich vergaß zu erwähnen, daß der Onkel die Tür zum Treppenhaus sorgfältig hinter uns abgeschlossen hatte, jetzt ging er noch einmal durch die Räume, um sich zu vergewissern, daß alles seine Ordnung hatte, und dann kam die Überraschung: eine kaum sichtbare Klinke an der Wand des Öltanks, mehr ein Bolzen in einer Reihe anderer Bolzen. Der sich herunterdrücken ließ. Woraufhin, also woraufhin ein ganzes Segment des Tanks wie eine Tür aufging – und ein Inneres freigab.

Ich gestehe, daß ich vor den vierzigtausend Litern zurückgesprungen bin, obwohl ich hätte Bescheid wissen müssen, aber anscheinend doch nicht. In Erwartung der gelbbraunen Woge, die nun wie das Jüngste Gericht über uns hereinbrechen würde, donnernd aus dem Tank.

Statt dessen kam sanfte Beleuchtung.

– – –

Da stand sie, die Schöne. Habe ich schon gesagt, daß sie eine Schönheit war? Stahlblau lackiert, mit abgerundeten Ecken und einem elegant schräggestellten Auslauftisch? Anscheinend war der Onkel kräftiger, als man ihm zutrauen sollte, wenn er sie hier hineingerollt hatte. Aber dann wiederum war ihm wohl so ziemlich alles zuzutrauen angesichts der kompletten Werkstatt, die er sich im Tankinneren eingerichtet hatte. Durfte man doch kaum annehmen, daß er einen möglichen Erbauer hinterher beseitigt hatte? Wasseranschluß, Beleuchtung, weißer Gummifußboden, Wände peinlichst poliert, alles von Onkels Hand? Auch eine Hängevorrichtung auf Schiene, die unter der Tankdecke verlief. Einzige Ausnahme in dieser Perfektion war die zart angerostete Kiekebusch (1919, wie ich annahm), die man etwas ärmlich und mit sichtlich schlechtem Gewissen in die äußerste Ecke gerückt hatte. Und der leise Ölgeruch war auch nur Camouflage gewesen. So wie der Ölstandmesser draußen an der Wandung eine nur imaginäre Dreiviertelfüllung anzeigte.

Eine dolle Sache.

Wie aber, fragt man sich, wurde die Ölheizung denn befeuert, mit all den Zuleitungen, nebeneinanderliegenden Kupferrohren und Ventilen. Die Antwort ist: Gasheizung. Wenn draußen die Gasheizung arbeitete, arbeitete drinnen der Onkel.

»Schönheit der Arbeit«, sagte der Onkel, »ist das ganze Geheimnis. Viele Menschen hassen ihre Arbeit, weil sie sie unschön verrichten. Wenn du, mein Junge, im Leben etwas Gutes machen willst, dann mit Schönheit und Ordnung. Und einem guten Arbeitsplatz.«

»Gutes Geld.«

»Ja, mein Junge.«

Länger konnten wir es nun aber nicht mehr aushalten. Leisteten ein paar letzte Handgriffe, senkten die vier Schraubstützen ab, bis sie steinfest stand, die Rotaprint, die Schöne (Rotaprint nulleins), scharf nivelliert mit Wasserwaage und Lot. Da stand sie nun. Ein letzter Blick, der Onkel drückte den Knopf:

»Achtung, Achtung!«

Das rote Kontrollicht erschien, die Sichtfenster

leuchteten auf, ein sattes Summen tönte, das heller wurde und heller – wir sahen uns an –, und dann klickedi klickedi, weich wie Butter, Edelstahl aufs feinste und nicht dieses Tatum Tatum – der Onkel hochrot im Gesicht, stark glänzend, ich wahrscheinlich nicht minder – und dann klickedidididi, wunderbar, wiiiihhh, als wenn Engel sängen.

Nie zuvor hatte ich den Onkel so aufgeräumt gesehen. Drei Tage später war er tot.

6
Der Mann aus Odessa

Heute wieder gelblicher Brief im Kasten:

Sehr geehrter Herr Bankpräsident,

betrachten Sie mein Schreiben vom 11. dieses Monats als gegenstandslos. Ich danke Ihnen nicht, was Sie für mich getan haben. Ich erklärte Frau Dorsten-Heimsiek in einem Brief vom 1. 11., daß Geld für mich kein Ersatz für fehlende Beziehungen sei. Der Bundesmünzanstalt gegenüber erklärte ich, daß die Frau über Leichen geht, in diesem Fall über mich. Das heißt nicht, daß ich für Sie ins gemischte Gefängnis gehe, falls Sie darauf spekulieren. Ich bin nicht interessiert.

Unterschr.

Ich habe einen Haufen schwarzumrandeter Post erwartet, von Freunden, Geschäftspartnern, Bekannten. Aber nichts. Nichts kommt, außer diesen Briefen und einer Karte seines Brillenoptikers. Ich befinde mich an einem Endpunkt, meine Hoffnungen auf Erbschaft betreffend, oder sagen wir, der Faden, dem ich mehr oder weniger glücklich durchs Haus gefolgt bin, endet hier. Ostentativ mit einem Pfeil in eine leere Ecke zeigend. Deshalb empfinde ich es als lästig und überflüssig, daß mir Frau Stumpe ständig auf den Fersen bleibt, als geschehe hier Unrechtes. Kleine Indizien? Zum Beispiel ist plötzlich die hintere Werkstatt – man erinnert sich, die lichtlose Kammer zum Hof – in auffälliger Weise aufgeräumt, buchstäblich leergefegt. Und im vorderen Zeichenzimmer ist besagter Pfeil verschwunden, der ganze Strich ist weg, sorgfältig weggeputzt, sowohl vom Tisch als auch vom Fußboden. Die Möglichkeit, daß es sich um einen abschließenden Hausputz handelt, ziehe ich nicht in Betracht: Frau Stumpes Auszug ist mit Sicherheit nicht so bald zu erwarten.

Im Gegenteil. Sie hat sich oben in Onkels Schlafzimmer häuslich eingerichtet, jedenfalls höre ich regelmäßig ein abendliches Trampeln über meinem Kopf, als ob dort Märsche stattfänden oder eine besonders schwere Form der Gymnastik. Drei Wochen ist Onkel Augustin nun tot, und ich beginne, mich nach seiner alldominierenden Gegenwart zu sehnen. Mit all seinen Ansichten über Tod und Leben, über Bäume und Menschheit im allgemeinen und speziellen. Selbst seine Kinderfeindlichkeit erscheint mir in der derzeitigen Beleuchtung annehmbar. Ausländerfeindlichkeit? Ich könnte mir keinen ausländischeren Menschen vorstellen. Armer Onkel, er ist immer der geborene Fremde gewesen, man sollte ihm verzeihen.

Übrigens hat Frau Stumpe eine Schußwaffe, ich bin der festen Überzeugung, daß sie eine hat. Nein, gesehen habe ich sie nicht, aber ich sehe das Glitzern in ihren Augen, das langsame Umwenden und breitbeinige Stehen, ich weiß nicht, wo sie sie trägt, unter dem Rock ans Bein geschnallt (ich weiß es nicht, aber ich weiß es)? Auch ihre Furchtlosigkeit, wenn sie mir jetzt auf der Treppe begegnet, ist allzu betont, soll ich vielleicht anfangen, mich zu fürchten?

Dieser Mann kam gewissermaßen zu einer günstigen Zeit, als sie gerade auf einen Sprung außer Haus war, sonst wäre sein Besuch bestimmt anders verlaufen. Ich mache mir nichts vor, Erbschaft oder nicht Erbschaft, Frau Stumpe ist nach wie vor die Madam im Haus, kraft langer Jahre und kraft ihres Gewichts. Neulich überraschte sie mich damit, daß sie Onkels Hausmantel trug, den schönen nebelgrauen mit dem gelben Blattfutter, dazu rauchte sie eine von Onkels King Edward IV, die ich ihn ganz selten hatte rauchen sehen. Mein Junge, schien sie zu sagen, glaub bloß nicht, daß du mich loswerden kannst. Ich dachte: Wenigstens kommen die King Edwards jetzt zu Ehren, eine Art Galgenhumor.

Übrigens hilft es gar nichts, Türen abzuschließen, sie hat zweifellos zu allen einen zweiten Schlüssel und zeigt dies deutlich, indem sie Türen offenstehen läßt, die ich abgeschlossen hatte, oder umgekehrt. An jenem Tag also war sie außer Haus, wahrscheinlich um Wertgegenstände zu verscherbeln, von denen ich keine Kenntnisse habe (willst du zur Polizei gehen?). Als es an der Haustür klingelte: Ein Mann stand draußen, untersetzt, kräftig, bullig. Ich hatte nicht die Absicht, ihn einzulassen, vierschrötig, das war der Ausdruck. Doch dann sandte er mir einen Blick durchs Guckloch, daß ich dachte, das ist ein verdammt blauer Blick, der Mann weiß etwas.

Ob er den Onkel sprechen könne.

Nein, sagte ich, das sei leider nicht mehr möglich.

Der Mann nickte, hatte er sich schon gedacht.

*

Er kam also aus Odessa.

Betrat das Arbeitszimmer wie jemand, der schon einmal hier war, ein Fleischerwagen, das war das Wort, das mir einfiel, rote große Hände, rotes fleischiges Gesicht: rumpelt Punkt zehn um die Ecke und alle Hunde hinterher. Das kann ja lieblich werden, dachte ich.

»Ist sie nicht da?«

»Wer?«

»Na, sie!« Er blickte sich im Raum um, als ob er sie in einem Geheimfach vermutete, schenkte der immerhin üppigen Ausstattung sonst keine Beachtung.

»Sie ist nicht da«, sagte ich, und er nickte.

Lehnte sich plötzlich vor und legte mir eine seiner roten Hände aufs Knie – ich hätte mich weiter entfernt setzen sollen.

»Ich weiß, wer Sie sind.«

»Und wer?«

»Sie sind der Neffe.«

Blickte sich im Raum um, als suche er nach etwas, jetzt nicht innerhalb, außerhalb.

»Aus Odessa?« fragte ich, »das ist aber komisch, Sie sehen gar nicht russisch aus.«

Er nickte.

»Odessa heißt Hannover«, studierte mich genau, »Hamburg heißt Köln.« Aha.

»Berlin?«

»Berlin heißt Grevesmühlen (oder Pinkelpott).«

Also war der Onkel nie in Odessa gewesen, stattdessen in diesem Hannover, das mir auch kein Vertrauen erweckte, so wie es hieß. Daß er sich soweit ins Milieu begeben hatte! Aber wahrscheinlich hatte sich das Milieu eher zu ihm begeben.

»Jedenfalls jetzt ist er tot.«

Der Mann nickte.

»Seit dem siebten Siebten sowieso.«

»Welchem Siebten?«

Daraufhin blickte er mich überrascht an, aber

auch nicht so sehr, studierte mein Gesicht und nickte.

»Da sind wir allesamt gestorben.«

In diesem Augenblick glaubte ich, unten die Haustür ins Schloß fallen zu hören, es war nur ein Klicken, aber doch deutlich. Der Mann hatte anscheinend nichts gemerkt, studierte jetzt einen der Bücherschränke.

»Damit wollte er sich eigentlich zur Ruhe setzen«, überlegte er, »jedenfalls haben wir alle angenommen, daß er sich ein Kaschee gemacht hat.«

Ein Kaschee? Augenblick mal, was ist denn das?

Cache, cachette, die geheime Tasche, unterirdisches Depot, ich mußte erst einmal nachschlagen, um zu wissen, was das ist. Na, Menschenskind, danach suchen wir doch die ganze Zeit, nach was denn sonst, da braucht nicht erst jemand aus Odessa zu kommen.

»Und? Hat er sich ein Kaschee gemacht?«

Wohl nicht, anscheinend war ihm der siebte Siebte dazwischengekommen (Tod aller Geldfälscher, wie jedermann weiß), zum Donnerwetter, rief ich aus, ich weiß es nicht! Niemand erzählt mir etwas, kein Mensch klärt mich auf!

»Wo kommen Sie denn her?«

»Aus Schwerin.«

»Ja, dann«, sagte der Mann, jetzt überlegte er wohl, wo ich wohl wirklich herkäme. Schwerin heißt Bodensee. Um es kurz zu machen, das also war das Datum – 7. 7. 90 –, an dem der erste nachahmungssichere Geldschein erschien: der berühmt berüchtigte Einhunderter, Format 74 × 154, rötlichblau, Vorderseite Clara Schumann, Rückseite ein Konzertflügel; danach sei alles anders gewesen, die Welt, das Geld, die schönen Träume.

»Wie nachahmungssicher?«

»Fragen Sie mich nicht«, stöhnte mein Besucher.

Draußen war ein fester Tritt zu hören, die Tür ging auf, eine entschlossene, sehr mißtrauische, vor allem beleidigte Frau Stumpe trat ein und dampfte. Ich möchte sagen, wenn sie zarter hereingekommen wäre, fürsorglicher, etwa mit einem kleinen runden Tablett mit Gläsern, hätte ich vielleicht mit mir reden lassen. So aber sagte ich:

»Frau Stumpe, ich habe hier mit dem Herrn eine geschäftliche Unterredung. Wenn Sie bitte draußen warten wollen.«

– – –

»Der haben Sie es aber gegeben«, wunderte sich mein Besucher, »trägt sie noch die 38er im Strumpf? Wir haben sie immer die 38er genannt, hat sie gern gehört, hört sich ja auch gut an.«

»Wie wäre es denn mit einem Kaffee?« fragte ich, ging zur Tür und rief: »Frau Stumpe, bitte einen Kaffee! Danke!« Ich hatte es ja geahnt, nein, sogar gewußt, jetzt aber wußte ich es wirklich. Wenn ich jemals sicher war, daß sie doppeltes Spiel spielte, dann spätestens jetzt. Wieviel hatte sie mitgehört und was für einen Reim konnte sie sich darauf machen? Da hatte Onkel Augustin also für seine Pensionierung gesorgt und begonnen, Vorrat zu drukken.

»Nein, so nicht«, erklärte mein Besucher, »hatte wohl beginnen wollen, aber nicht mehr können. Nicht nach dem...«

»...dem siebten Siebten.«

»Nach dem Hunderter kamen die neuen Fünfziger, Zwanziger, Zehner, wie eine Drachenbrut. Bedenken Sie, daß Ihr Onkel der Beste war. Wenn *er* sie nicht machen konnte, dann niemand. Nicht den Sicherheitsstreifen, nicht die Kongruenz, die kleinen Furze, die zusammen ein Ganzes ergeben. Eine wahre Tragödie. Das heißt, er hätte sie machen können, aber wahrscheinlich nicht ganz kongruent, und dann eben gar nicht. Lieber Freund, Ihr Onkel war ein Mann, der nur beste Arbeit leistete, er hat einmal gesagt: Es ist nicht schlecht, Falschgeld zu machen...«

»...es ist nur schlecht, schlechtes Falschgeld zu machen.«

Jetzt hätten wir beide fast geweint. »Wir sagen übrigens Falsifikat«, korrigierte mein Besucher. Danach habe kein Mensch mehr etwas von Onkels Arbeiten zu Gesicht bekommen, nicht den kleinsten Fünfer. Ein wirklicher Verlust.

»Wir stümpern jetzt alle herum und mit erschütterndem Ergebnis, man kann sich nur schämen.«

Fast hatte ich das Gefühl, den Mann trösten zu müssen. Ich hätte nie erwartet, in diesem Gewerbe soviel Skrupel zu begegnen. Man kann es auch übertreiben, dachte ich, die Leute sollten mal fünf gerade sein lassen, mein Gott, schließlich handelt es sich hier ja nicht um große Kunstwerke.

»Da irren Sie sich aber ganz gewaltig«, rief der Mann aus, »Ihr Onkel war ein Künstler! Wissen Sie das nicht! Der reine Rembrandt auf seinem Gebiet, und als man ihm seine Kunst wegnahm, ist er gestorben, jedenfalls war er vom Markt weg, und das seit jetzt fünf Jahren.«

– – –

»Es sei denn.«

– – –

Es sei denn, er hat sich ein Kaschee angelegt, ist es das, was Sie meinen. Deshalb sind wir ja alle hier, der Neffe, Frau Stumpe mit der 38er und der Mann aus Odessa, der wie ein Fleischerwagen aussieht. Und wer weiß, wer da noch alles lauert. Hatte ich mich wie ein Blinder aufgeführt, ein Blinder im Tigerkäfig, nicht ahnend, wem er da allen ins Maul griff, die Vorstellung machte mich schaudern: Herr Dönninghaus, Herr Strawitzke von der Gudrunklause? Was zum Beispiel war mit meinem pietätvollen Besucher los, kam er hier nur als Privatperson, ich hatte auf einmal das dringende Bedürfnis, mich mit meiner Frau Stumpe zu beraten. Eine Verbündete?

»Stellen Sie den Kaffee nur auf den Tisch«, sagte ich, »ich danke Ihnen vielmals, Frau Stumpe, warum nehmen Sie nicht ein Täßchen mit uns.« Ich war sicher, daß sie an der Tür horchte.

»Nein«, sagte mein Besucher, »Ihr Herr Onkel war ein ungewöhnlich bescheidener Mann, nie habe ich einen bescheideneren gesehen. Und einen klügeren auch nicht, wenn ich das sagen darf. Zeit seines Lebens hat er nie mehr gedruckt, als er brauchte, kleine Scheine zumeist, Zwanziger, sogar Zehner, die sich niemals zurückverfolgen ließen, selbst wenn man sie entdeckte – die man aber sowieso nicht entdecken konnte. Selbst wir als Experten hatten Schwierigkeiten, seine Meisterwerke als solche zu erkennen, wir nannten ihn den Meister der kleinen Scheine. Von denen er natürlich eine entsprechend größere Auflage drucken mußte – deshalb vermuteten wir eine Rotationspresse, eine Offset vielleicht...«

Hier hob er die Stimme in Erwartung, daß ich nun zustimmte? Eine Kiekebusch 1919?

»Nein, denken Sie nicht, er habe für einen Verein gearbeitet, für den Lemke Verein etwa oder den

Gartenfreund-Lange in Frankfurt. Nichts dergleichen, für Ringvereine schon gar nicht, nicht Ihr Onkel. Der hielt Herstellung und Vertrieb in einer Hand, eine saubere Sache, und dafür hatte er meine ganze Bewunderung. Ich erinnere mich, wie mir zum ersten Mal eine seiner gestochenen Zehnmarkarbeiten unterkam. Eine Offenbarung! Ich war ihm über vier Blocks gefolgt, bis er sich eine Zeitung kaufte, habe dann den Zehner vom Zeitungshändler zurückgekauft oder jedenfalls als Wechselgeld bekommen: phantastisch! Der perfekteste Sicherheitsstreifen, den man sich denken kann, das leicht getönte, leicht pergamentartige unverwechselbare Knistern und das Wasserzeichen, o Gott, von traumhafter Qualität, außen blank und innen perlgrau wie die allerbeste Bundesbank. Hineinragend (und nun wurde er fast feierlich), hineinragend der Straftext: Wer Banknoten nachmacht oder verfälscht oder nachgemachte oder verfälschte sich verschafft und in Verkehr bringt, wird mit Zuchthaus nicht unter zwei Jahren bestraft.«

Man wußte wirklich nicht, wovon der Mann mehr beeindruckt war, von der Schönheit oder dem Strafmaß.

»Ich kann dem nicht ganz folgen«, sagte ich, »diesen Zehner von diesem Zeitungshändler haben Sie ja zurückgekauft (ganz korrekt war der Ausdruck nicht), wie aber steht es mit den anderen Zehnern bei den anderen Zeitungshändlern, die dort hängenblieben, damit fiel doch wohl einer herein und wurde geschädigt. Mindestens einer?«

»Sehen Sie, das ist die Schönheit, niemand fiel herein«, rief mein Besucher voller Enthusiasmus, »kein Schaden wurde angerichtet, Ihr Onkel war ein hochethischer Mensch!« Da war es wieder, anscheinend hatten die Geldfälscher unserer Zeit bisher verborgene Tugenden.

»Wenn – und ich betone, wenn«, sagte mein Besucher, »solch ein hochqualifizierter Schein hängenbleiben sollte, dann mit einer Wahrscheinlichkeit von höchstens – lassen Sie mich das in Zahlen fassen – mit einer Wahrscheinlichkeit von

1:100000 beim Fünfer
1: 50000 beim Zehner
1: 25000 beim Zwanziger.

Was aber die Gesamtbelastung für die umlaufende Valuta ausmacht – denn selbst unentdeckt ist Ihres Herrn Onkels Geld ja immer noch vorhanden –, so lassen Sie mich auch diese ausrechnen: Selbst wenn er zehn Millionen in Umlauf gebracht hätte, was sehr viel wäre, macht das auf die Gesamtgeldmenge von einskommafünf Billionen gerechnet (DM 1500000000000) nur ein lächerliches Hunderttausendstel aus! Eine quantité négligeable, ein zu vernachlässigendes Nichts. Wenn man überhaupt rechnen will.«

Hier holte mein Besucher tief Atem, ehe er zum Schluß kam:

»Denn dies scheint mir doch ein geringer Beitrag zu sein, oder soll ich sagen Tribut, den die Gesellschaft, nicht wahr, für Kunst dieses Ranges leisten sollte, oder habe ich nicht recht.«

Der große Mahagonitisch tickte, draußen fuhr ein Auto vorbei, Fußgänger lachten, und vor der Tür regte sich Frau Stumpe. Es war ein merkwürdig zurückgenommener Augenblick, als wir hier eines Werkes gedachten, *seines* Werkes, das man anderswo eher abfällig beurteilte.

»Behalten Sie immer im Auge«, sagte der Besucher, den ich vielleicht doch falsch eingeschätzt hatte, »wie selbst das letzte Risiko, dieses allerletzte, von ihm gewissenhaft dezimiert wurde – das sollten wir ihm auch noch anrechnen –, indem er nämlich den Empfänger sorgfältig aussuchte! Will sagen, er hatte ein absolut professionelles Bestreben, nicht an den Falschen zu geraten, ich habe es selbst gesehen und kann es bezeugen. Tagelang bin ich ihm gefolgt, durch die ganze Stadt, und er hat es nicht gemerkt, was wiederum für seine Arglosigkeit spricht, keinen Arg hatte dieser Mann. Ging zum Beispiel zu einem Würstchenverkäufer, um ihm einen Zehner anzudrehen, und dann schaute er in sein Gesicht, Gott weiß, was er da sah, und tat es nicht. Ging zu einem anderen Würstchenverkäufer, dessen Gesicht er studierte: die

Augen, die miese Nase, gemeine Falten. Dem drehte er den Zehner an oder einen Zwanziger.«

Damen im Pelz, Porschefahrern, Jugendlichen, die in Straßenbahnen nicht Platz machten, Schwindlern, Heuchlern, Feiglingen, Leuten, die zu laut redeten. Rauchern auch.

»Schön«, sagte der Besucher, »es bestand immer noch die Möglichkeit, daß diese den Schein an eine anständige Person weitergaben, damit rechnete Ihr Onkel natürlich. An Redliche, die sich lieber die Hand abgehackt hätten, als nur einen Pfennig aus der Tasche des anderen zu nehmen – na schön, ich gebe zu, daß er gelegentlich auch ein paar Hunderter gemacht hat (mit dem Restrisiko von 1:10000), zugegeben. Aber sie alle, bedenken Sie, Redliche und Unredliche, waren immer noch durch die Qualität geschützt. Eine Qualität, die immer, verstehen Sie, höchste Qualität war, weil Ihr Onkel seine Ehre daransetzte.«

Hier schaute mich der Besucher bedeutsam an.

»Und die ihn davor bewahrte, jemals geschnappt zu werden.«

*

In seinem ganzen Leben hatte der Onkel nur einmal, ein einziges Mal etwas gestohlen. Eine Tat, die ihn bis ins hohe Alter wurmte. Ich weiß nicht, warum er es für nötig befand, mir eines Samstagvormittags die Geschichte zu erzählen, als wir, der Onkel und ich, in den üppig schönen Anlagen des Westfriedhofs spazierten – daß ich das jetzt nicht durcheinanderbringe: Er war damals, elf Jahre alt, zur Geburtstagsfeier eines Schulfreundes eingeladen. Nein, es war der kleine Bruder eines Schulfreundes. Geschenke häuften sich auf dem Geburtstagstisch, es gab Torte und Himbeerlimonade, später Sackspringen und Topfschlagen, worüber er sich mit seinen elf Jahren erhaben fühlte. Er blieb allein mit den Geschenken, ungewöhnlich reichen Geschenken, Stabilbaukästen, Rollschuhen, Soldaten, einem großen Passagierdampfer, Trappern und Indianern und eben auch einer Kinderpost. Er hielt einen napoleonischen General in der Hand, der reich blau-weiß-rot mit viel Gold ausgestattet war. Hutkrempe, Orden, Säbelgriff und Epauletten. Ein wahres Paradestück zum Klauen.

Das tat er aber nicht. Statt dessen, man gebe Obacht, interessierte ihn die alberne Kinderpost mit ihren kleinen Zahlungsanweisungen, Paketkärtchen und winzigen Briefmarken; besonders aber interessierte ihn das Spielgeld, fingergroße Zwanzig- und Hundertmarkscheine, ein dicker Packen, einseitig bedruckt, sonst aber auf winzige Art sehr realistisch, denn man muß ja auch Geld zum Bezahlen haben, auf der Post. – Als man später die Geburtstagsgeschenke begutachtete, die ganze Gesellschaft drängte sich um den Tisch, war aus der Kinderpost, die an sich keine große Beachtung fand, das Geld verschwunden. Und nun fand sie Beachtung: Der ganze Packen fingergroßer Scheine war weg, das Geburtstagskind, das überhaupt keinen Wert auf die Kinderpost legte, krähte laut, die Gesellschaft war bestürzt und am meisten bestürzt der Schulfreund. Denn wer war auch noch weg?

Der elfjährige Onkel.

»Der Onkel«, sagte ich zu meinem Besucher«, hat nicht wirklich gestohlen, denn das Spielgeld war ja völlig wertlos, und er wußte es, Elfjährige wissen, was Geld bedeutet. Nein, er hat nur ein Ritual befolgt: Stellvertretend für Stehlen hat er ein stellvertretendes Geld genommen, einmal. Und dann nie wieder. Eine hochpsychologische Angelegenheit. So wie in der Kindheit, meiner Meinung nach, alle Morde und Raubzüge absolviert werden sollten, um sie später nicht mehr zu begehen.«

Es schadet ja nichts, wenn ich auch einmal meine Meinung vertrete, bin ich doch all der Hummeln, Bienen und Vögelchen leid, die uns beglücken.

»Bemerken wir aber die frühe Faszination für das gedruckte Geld«, fuhr ich fort, »der Onkel hielt sich damit sechzehn Stunden lang versteckt, sechzehn Stunden mit dem Geld auf der Brust auf dem Speicherboden des Hauses. Erst danach kam er hervor, nicht wie ein Schuldiger, eher wie einer, der sich aufgibt. Generell aufgibt: Viele Hunde sind des Hasen Tod. Geschämt? Ich weiß nicht, gewurmt hat es ihn, als er aus seiner Welt in die andere, die Welt der anderen, heraustreten mußte. Wo er natürlich mildernde Umstände bekam, als Kind, das seine Tat nicht begriff. Ich könnte mir aber vorstellen«, sagte ich – und es handelt sich um meine Meinung –, »daß der Onkel ohne diese Tat vielleicht ein Krimineller geworden wäre.«

Eine Weile saßen wir, der Besucher und ich, mit gesenktem Kopf, um ein langes Leben passieren zu lassen. Draußen fuhren Autos vorbei, jemand rief, Frau Stumpe nebenan knarrte mit dem Parkettfußboden.

*

»Jedenfalls, geschnappt haben sie ihn nie.«

– – –

»Ich wette«, sagte mein Besucher, »nicht *eine* Hausdurchsuchung hat es gegeben«, er blickte sich um, »und wenn, was hätte man gefunden?«

Einen Heizöltank.

»Nichts hätte man gefunden, wette ich. Ein paar Ganzlederausgaben vielleicht, ein bißchen Pornographie, das Leben der Madame Sowieso, oder was weiß ich. –

Dieser Mann ist in seiner Umgebung nie ernstlich aufgefallen, ein mittlerer Beamter, ein Inspektor, keine Reisen, keine teuren Automobile, keine Weiber (keine teuren Weiber). Ein völlig mittleres Leben, das er führte und bis zum guten Ende geführt hätte, wäre ihm nicht diese wahnsinnige Idee gekommen – er war ja wohl schon um die Siebzig –, nämlich sich wie jeder andere auch pensionieren zu lassen.«

Welch eine Idee!

Eines Tages sei er also aus der Versenkung getreten, habe Kontakt aufgenommen, man muß nicht erst sagen, mit wem, dem Lemke Verein oder den Gartenfreunden in Frankfurt, die natürlich aus allen Wolken fielen. Wollte eine ganz große Nummer abziehen, alles auf einmal, zwei, drei, vielleicht vier Millionen auf breitester Basis, ein riesiges letztes Ding auf seine alten Tage. Wollte sich damit zur Ruhe setzen, der arme Wahnsinnige.

O Gott!

Onkel im dunklen Anzug mit Hut und Sonnenbrille. Waffe keine, aber Schirmstock. Entweder hätten sie ihm gleich eine übergebraten oder sich später beim Vertrieb so dämlich angestellt, daß man jeden Schein mühelos hätte zurückverfolgen können. Bis zur Quelle. Onkel mit gelbem Schlips, Hut mit Band, Treffpunkt Jannowitzbrücke und: Bumm!

»Eben nicht.«

Das ist uns Gott sei Dank erspart geblieben. Ich

habe noch den kalten Rauch in der Nase. Der Onkel mit dem Koffer, dreißig Kilo in großen Scheinen, sogar eine Partie Tausender, man sollte es nicht für möglich halten, mitten auf der Jannowitzbrücke im grauen Nebel. Wie hatte er den Koffer schleppen können, der alte Mann, denn das war noch einer aus früheren Jahren ohne Rollen, einer mit den umlaufenden Holzbändern. Tritt ihm dieser Greifer in den Weg, üble Visage, Kragen hochgeschlagen, läßt einen Triller hören, woraufhin die Brücke von beiden Seiten von schwarzlackierten Autos blockiert wird: Festnahme und aus. Das wäre ja noch nicht das Schlimmste. Gesetzt den Fall, es wäre einer von der anderen Seite gewesen, üble Visage, merkwürdiges Zwinkern der Augenbraue. Kommt schräg übern Damm, und mit ihm kommt der Rabe.

Mit ihm kommt der Tod.

Na ja, statt dessen kam das neue Geld, wer weiß, es mag ihm das Leben gerettet haben. Mit all seinen Finessen und Finten, verborgenen Extras, und vielleicht ist es an der Zeit, an dieser Stelle einmal die Kriterien aufzuzeigen, die allen Betroffenen das Leben so schwer machten. Ich glaube, kaum jemand, der heute einen Blauen oder Braunen zückt, weiß, was er da an Intelligenz in der Hand hält. Da ist zunächst der neue Sicherheitsstreifen: War er früher plan im Papier eingebettet, so ist er jetzt durchgewebt oder sieht jedenfalls wie durchgewebt aus. Außerdem, wenn man sehr genau hinsieht, kann man auf ihm eine Schrift erkennen (oder auch nicht), eine DM-Wertzahl.

Wasserzeichen unverändert, aber das war ja auch vorher schon perfekt genug.

Ganz vertrackt die Kongruenz – haben wir schon gewürdigt –, die kleinen geometrischen Muster, die sich in der Durchsicht zu einem D ergänzen. Vertrackt vor allem für den Fotokopierer, der niemals diese Deckungsgleichheit erreichen könnte. Oder die Schattierung neben den Köpfen! Sie löst sich unter der Lupe in feinste Beschriftung auf, so fein, so unerreichbar fein, daß sie unterhalb des fototechnischen Korns liegt.

Oder die anderen Tricks. Die tastbaren Schriftzüge. Die Blindenzahl. Die fluoreszierenden Geisterschatten, die unter Spezialbeleuchtung auftreten. Banknoten zu 500 und 1000 erweisen sich dann noch als besonders luxuriös, indem die unteren Hälften der großen Wertzahlen (auf der Vorderseite) von Gold auf Grün wechseln, wenn die Noten gekippt werden.

Man denkt, das sollte genügen.

Es genügt nicht, unerwähnt bleiben die Labyrinthlinien, die Reliefränder, die fortlaufende Numerierung, die bei einer Sequenz von je vier einen Kode ergibt – das ist beispielsweise bei größeren Lösegeldforderungen hilfreich. Ganz abgesehen von

Kriterien der Papierqualität, der Druckfarben, Löslichkeit in Azeton etc., ich bin nicht in der Lage, hier alles aufzuzählen, verweise auf den Pressedienst der Deutschen Bundesbank, Wilhelm-Epstein-Str. 14, Frankfurt a. M. 1.

Um ausführliche Information wird gebeten.

»Und wenn er sich nun doch ein Kaschee angelegt hat?«

»Wie meinen Sie das?«

*

»Ich meine, es wäre doch möglich«, überlegte mein Besucher, »daß er doch einmal über seinen Schatten gesprungen ist (fünf hat gerade sein lassen), es wäre doch immerhin denkbar, ohne ihm Abbruch zu tun – schließlich handelt es sich ja nicht um Rembrandts.«

Aha.

»Daß er bei allen verständlichen künstlerischen Skrupeln, nicht wahr, neues Geld von hoher, wenn auch nicht von so hoher Qualität gedruckt hat? Hoch genug jedenfalls für unsereiner. Ich meine ...«

Sagte mein Besucher.

»... ich meine, Ihr Herr Onkel mag vielleicht unzufrieden mit sich selbst gewesen sein, aber wir müßten es nicht unbedingt mit ihm sein.«

Sagte er nicht ohne Logik.

»Bei unseren vielleicht nicht so hohen Ansprüchen.«

– – –

Ich hörte ihn, und ich hörte ihn nicht. Was ich wirklich hörte, war ein Tatum tatum, und das war keine Einbildung gewesen. Sollte der Onkel in aller Stille das Unmögliche vollbracht haben? Im schwärzesten Winter, im Eishauch der Knechtekammer angesichts des fahlen Gaumenteils im Wasserglas hatte ich sie gesehen, die Villen auf den Palmenterrassen, die Marmorfußböden und die Bartische mit dem Curaçao blão. Sollte es doch noch meine Bestimmung werden? Ich muß sehr töricht ausgesehen haben, so wie ich dastand, ins Imaginäre starrend, denn der Besucher begann sogleich, mich zu beruhigen.

»Wir werden es finden, keine Angst, wir werden suchen, wir werden sehen, und wir werden finden.«

»Wer wir?« wollte ich wissen.

»Niemand«, beruhigte mich der Mann, »nur Sie und ich.«

Inzwischen aber – wir hatten es gar nicht bemerkt – war Frau Stumpe eingetreten, stand mißtrauisch an der Tür, aus gutem Grund mißtrauisch, möchte ich sagen, da sie hier ja glatt übergangen werden sollte. Eigentlich war ich froh, sie zu sehen, heilfroh sogar, wenn ich ehrlich sein soll, kam sie doch im rechten Augenblick zur Verstärkung.

»Verstehen Sie mich nicht falsch«, sagte unser Besucher, »ich komme nicht im Auftrag. Von Lemke.«

– – –

»Oder von Gartenfreund-Lange.«

– – –

»Oder von jemandem, der sonst noch interessiert sein könnte.«

»Soll das eine Drohung sein?« fragte ich.

Folgende Situation, der Mann war aufgestanden und lehnte sich an einen der Schränke, dem Fenster am nächsten. Ich, halb im Sessel, halb auf der Armlehne sitzend, befand mich etwa in der Mitte zwischen ihm und der Tür. Während Frau Stumpe, god bless her, näher getreten war und die dritte Ecke des Dreiecks bildete.

»Wollten Sie nicht heute noch weiterreisen«, fragte ich, »nach Crivitz oder Grevesmühlen (Pinkelpott).«

Keine Antwort. Der Mann schien das Dreieck zu studieren. Dann blickte er auf die Straße, unten fuhr ein auberginefarbener Kombi vorbei.

»Dann sollten Sie Ihren Entschluß vielleicht wahrmachen«, sagte ich, »solange noch Zeit ist.«

– – –

»Solange Sie noch unbeschadet sind«, sagte Frau Stumpe.

Herrgott, wie liebte ich dieses Weib.

Beim Hinausgehen stellte ich ihm kurz vor der

Treppe ein Bein, so daß der Mann aus Odessa fast lang hingeschlagen wäre. Unten erwartete ihn bereits Frau Stumpe, ich sah das Glitzern in ihren Augen, das langsame Umwenden und breitbeinige Stehen. Und als er zur Haustür hinaus war, rief sie ihm noch nach:

»Und kommen Sie bloß nicht wieder!«

*

Nachts träumte ich vom Onkel.

Sittlich betrachtet, sagte er, würde er gerne in der Gerhard-Eppelmann-Straße wohnen. Er war im Traum sehr klein, eine Miniaturausgabe seiner selbst, wenn auch lang in der Proportion: ein trauriger Herr, Schöpfer der kleinen Schöpfung.

Wenn man bedenkt, Frau Stumpe schmeißt hier den Laden, könnte man sich nur noch hinlegen und sterben; seiner Meinung nach käme Kunst von Können, no matter what.

Aber du hast doch gar keine Schuld, sagte ich zu ihm.

Daraufhin blickte er mich so liebevoll an, daß sich mir das Herz umdrehte. Er stand ganz oben im Treppenhaus, das im Traum noch viel höher war, und vollführte kleine flatternde Handbewegungen, als wolle er fliegen. Es waren anwesend:

ein Rentner als Pfarrer
ein Herr Krauß als Gefühlsmensch
ein Vater von drei Kindern
ein schmächtiger Brillenträger
ein Raucher
ein Kinderschänder
ein Einhandarbeiter
einer von der Bundesbehörde

Friedemann Bach? Na, der ist doch fiedelnd durch die Lande gezogen und hat teuflisches Gelächter von sich gegeben, sagte der Onkel; aber bevor er fliegen konnte, bin ich aufgewacht. Oder soll ich sagen, vorsichtshalber aufgewacht, denn das hatte ich auch noch geträumt: Aufzählungen im Traum erscheinen immer bedeutungsvoll.

Und *dann* wachte ich auf, und was soll ich sagen, da war der Onkel wirklich geflogen.

7
Kaschee

Sehr geehrter Herr Bundesbankpräsident,

weil Sie Ihren Beruf nicht lieben, sende ich Ihnen keine Durchschrift meines Briefes an meinen Rechtsbeistand vom 11. Jan. mit Anlage zur Kenntnisnahme. Wie halten Sie das eigentlich aus? Daß Sie nur für Geldgeschäfte zu gebrauchen seien, sagte zu mir Frau Dorsten-Heimsiek von der Ostseefiliale Kühlungsborn. Meinen bisherigen Anwalt, dem Rechtsschützer Dr. Carlo aus 10433 Borstel, danke ich für gar nichts. Ich hatte ihm zum Schutz DM 100,– gegeben. Es hat nichts genützt.

Unterschr. unlesl.

An diesem Tag war der Onkel beschwingt mit dem Brief in der Hand die Treppe heraufgelaufen und hatte gerufen:

»Jetzt habe ich ihn, den Bastard!«

Anscheinend hatte ihm eine bestimmte Wendung verraten, wo der Absender zu suchen sei, der ihn seit nunmehr anderthalb Jahren tyrannisierte. Ich steckte denn auch den Kopf aus der Tür und fragte noch »Wo?«, dazu muß ich allerdings erwähnen, daß ich während der folgenden Ereignisse, unrasiert und noch im Schlafanzug, nicht sehr präsentabel war und nur durch den Türspalt hindurch anwesend. Insofern ich mir einiges dazudenken muß.

»Wo?«

»In der Gudrunstraße Numero fünf«, rief der Onkel triumphierend, »frühere Gudrun, jetzige Eppelmann!«

Dies also war der Augenblick, als unten die Delegation von Frau Stumpe eingelassen wurde; ich nahm an, daß es Frau Stumpe war, obwohl ich mir nicht erklären konnte, wieso sie die Leute zu dieser frühen Stunde nicht abwies. Oder war es der Onkel, der die Haustür offengelassen hatte, als er die Post holte. An einen Selbstmord kann ich nicht glauben, weil sich der Onkel viel zu aufgeräumt gezeigt hatte, viel zu beschwingt an diesem Morgen.

»Hundert Mark, ha«, rief er, »hundert Mark!«

Die Leute unten aber waren wohl nur auf die »jetzige Eppelmann« fixiert – so wie jeder immer das hört, was er hören will – und dadurch von vornherein aufgebracht. Die Aussage eines Busfahrers bezweifle ich, der behauptete, im Vorbeifahren eine Gruppe Menschen vor dem Haus Nr. 17 gesehen zu haben, die nicht eingelassen wurden. Sie waren ja schon drinnen! Wahrscheinlich hat der Mann die Bäckerei in der Wielandstraße gemeint, wo morgens auch immer einige Leute stehen, um Brot vom Vortag zu kaufen; das beste Zehnmarkbrot kostet dann drei Mark. Ich kann bezeugen – und werde es auch tun –, daß die Leute ungebeten hereinkamen. Unsere Gruppe, um genau zu sein.

Das gleiche gilt übrigens für den Postboten, der, ein Paket vor dem Bauch, wenig später im Vestibül erschien, als sich die ganze Gesellschaft, heftig auf den Onkel einredend, bereits auf halber Höhe befand, dieser von der Höhe heruntergestikulierend. Wo war Frau Stumpe? Ja, wo war sie eigentlich?

Wenn ich den Vorgang rekonstruiere, ergibt sich folgende Anordnung: ganz oben, für mich nur angeschnitten sichtbar, der Onkel in Morgenrock – nicht in dem mit dem gelben Futter. Dicht unter ihm im Treppenhaus ein aufgebrachter Mann im Arbeitskittel, Vater eines der Fußballer, wie sich später herausstellte, was hatte der dort zu suchen? Er mußte besonders schnell gestiegen sein, denn die übrige Gruppe, bestehend aus Lehrerehepaar, Kneipenwirt und dem Architekten aus der Nachbarschaft, befand sich noch eine halbe Treppe tiefer. Ach ja der Bezirksinspektor (der inoffizielle) war auch dabei und die zweite Lehrerin, die außerhalb meines Blickwinkels hinterherhinkte.

»Wo wollen Sie hin!«

»Wir wollen zu Mausers!«

»Verreist«, rief der Onkel.

»Zu Hartenbergs.«

»Verreist, verreist«, rief der Onkel etwas schrill – man kann es ihm nicht verdenken, war ich doch selber drauf und dran, außer Fassung zu geraten. Hätte auch eingegriffen – das darf man mir jetzt nicht verdenken –, wäre ich nicht im Schlafanzug so wenig präsentabel gewesen.

»Ich ersuche Sie, das Haus zu verlassen«, rief der Onkel und fügte hinzu: »Das Haus Eppelmannstraße Nummer siebzehn.«

»Sie gemeiner Mensch«, sagte jemand aus der Menge halblaut. Sie bewegten sich immer noch weiter nach oben, den Onkel einengend, ja, ich glaubte, den Mann im Arbeitskittel sogar schon hinter ihm stehen zu sehen. Ich könnte es nicht beschwören. Oder war das ein anderer Arm, der jemand anderem gehörte – den ich noch dazuerfinden müßte –, ein linker Arm. Arm eines linken Künstlers.

Der sich jetzt äußerte:

»Sie sind ein ganz egoistisches Subjekt.«

»Und Sie verletzen meinen Privatbereich«, wird der Onkel aufgetrumpft haben, »Sie verletzen mein Eigentum, mein Eigenheim, wenn Sie wissen, was das ist. Es ist mein – des Menschen – vorzüglichstes Merkmal.«

Damit konnte natürlich niemand etwas anfangen, trotzdem johlte die Menge, als hätte er einen Witz gemacht. Eine Frau kreischte. Übrigens erfuhren wir später, daß sich Frau Stumpe während des ganzen Vorfalls im Keller aufgehalten hatte, wo sie die neue blaue Offsetmaschine bewunderte – ich wußte ja immer, daß sie zu allem Schlüssel hatte. Nur war auch das keine Erklärung.

»Ich verstehe Sie nicht«, sagte eine Frau – Frau des Lehrers – ganz sachlich, »warum machen Sie uns soviel Schwierigkeiten?«

»Ich verstehe Sie auch nicht«, entgegnete der Onkel, »warum spielen Sie den ganzen Tag Klavier, wenn Sie es nicht können.«

»Eine Unverschämtheit.«

»Möglichst laut und möglichst ohne Begabung.«

Daraufhin erfolgte ein empörter Aufschrei, nicht der Lehrersfrau, sondern der Menge. Der erste wirklich bedrohliche Laut; anscheinend hatte der Onkel einen Nerv getroffen, und ich konnte mir auch denken, welchen. Onkel, dachte ich, sie werden dich totschlagen, habe ich dir das nicht schon immer gesagt.

»Im übrigen hoffe ich, daß Sie alle hier wieder hinausfinden, nachdem Sie hereingefunden haben«, das war wohl an die Adresse des Fußballvaters gerichtet, um auch diesen noch gegen sich aufzubringen, und er fügte hinzu, »nachdem Sie quer durch mein Haus getrampelt sind (Eppelmannstr. 17).«

Es entstand eine Bewegung, nicht sehr stark, stetig, setzte sich die Treppe hinauf fort, und mir wurde plötzlich klar, daß er doch Selbstmord begehen wollte. Wie sonst wäre zu erklären, daß er jetzt sagte:

»Ihr seht nichts, hört nichts, merkt nichts. Warum geht ihr nicht zurück in eure Reservate!«

»Du Schwein.«

Aha, ein Roter, hätte mich auch gewundert, wenn hier kein Roter gewesen wäre. (Murmelte der Onkel.)

»Dich kriegen wir auch noch! Dich und deinesgleichen!«

»Sehen Sie«, sagte der Onkel an die Menge gerichtet, »sie wollen die Weltordnung zerschmettern, bloß damit sie umsonst Bus fahren können.« Selbstmord, reiner Selbstmord.

»Und Sie kann ich auch nicht achten, nach dem, was Sie angerichtet haben«, fuhr der Onkel fort, diesmal offensichtlich für den Architekten von gegenüber bestimmt, »Sie bauen nicht ehrenhaft, Sie haben Ihre Ehre verloren – ach so, Sie wissen ja nicht, was das ist«, korrigierte sich der Onkel, »daß ich das vergaß!«

Meine Damen und Herren, hätte ich von meinem Türspalt her ausrufen sollen, hören Sie nicht darauf hin, es ergibt keinen Sinn (aus dem Zusammenhang gerissen).

»Ich kenne euch – ich weiß, wer ihr seid –, ihr kommt hierher, trampelt quer durch mein Haus und wollt mich erschlagen, weil ich nicht eurer Meinung bin. Jetzt habe ich Neuigkeiten für euch: Ich werde es nie sein. Niemals. Für immer und ewig.«

Haben sie ihn daraufhin erschlagen? Haben sie ihn gepackt, hochgehoben und auf die Steinfliesen geschmettert? Im Grunde erwiesen sie doch eine erstaunliche Langmut, alles in allem. Man bedenke, es handelte sich um solide, anständige Bewohner der Straße, die eigentlich nur Unterschriften sammeln und durchaus niemanden ermorden wollten – schon gar nicht stellvertretend für irgendeine fiktive Bevölkerung. Es handelte sich um Herrn und Frau Dönninghaus, Herrn Sieber, Herrn Strawitzke, Frau Schminke etc., alles gute Leute und keine »Menschheit«, und ich glaube nicht einmal, daß wirklich sie es waren, die der Onkel meinte. Viel eher, daß alles von langer Hand vorbereitet war. Er war ganz einfach reif gewesen.

»Ist es Neid, Niedertracht oder die Moral, oder ist es bloßes Unvermögen? Wahrscheinlich alles zusammen!«

Verkündete der Onkel.

Er stürzte gestikulierend drei Stockwerke tief auf den Postboten herab, auf das Fliesengeviert, den Postboten nicht ernstlich verletzend, mit seinem Paket. So daß man wenigstens dies dem Onkel nicht anlasten konnte.

Vielleicht verlor er auch nur das Gleichgewicht.

*

Mitten in der Nacht schrecke ich hoch.

Es ist zwei oder drei, ich habe keine Uhr. Das Haus steht still im Stockdunkeln, eine nach innen gekehrte Seele – ich fühle sie –, deren Erbe ich angetreten habe. Ich höre die Wände, sehe die Tiefe und Höhe, den umschlossenen Raum. Die Seele des Onkels von der traurigen Gestalt.

Man sollte eben nie zu sentimental werden. Mitten in der Nacht erkenne ich die Wahrheit. Ich steige eine Treppe höher in den zweiten Stock, wo Frau Stumpe aus dem Schlaf fährt und zur 38er greift. Wenn Sie mich erschießen, werden Sie nie erfahren, was ich weiß, sage ich zum halbdunklen Zimmer, das eigenartig riecht. Nach Seife, aber irgendwie noch künstlicher. Nachdem der Onkel geflogen ist und wir ihn nicht daran hindern konnten, sollten wir wenigstens retten, was er uns in diesem Haus hinterlassen hat.

»Denken Sie gut nach.« Ich habe mich aufs Bett gesetzt, »wieweit reichte der Strich?«

Frau Stumpe, noch immer den Revolver in der Hand, sieht in ihrem Nachthemd mit der Kräuselborte gar nicht mehr bedrohlich aus.

»Der Strich, Frau Stumpe! Der Strich, der Strich!« rufe ich ungeduldig, »Sie werden sich doch an den verdammten Strich erinnern, den Sie sorgfältig abgeputzt haben, weiß der Himmel, was Sie sich dabei dachten.«

Frau Stumpe, die langsam begreift, daß sie doch nicht umgebracht werden soll, setzt sich im Bett auf.

»Wa... wa...«

»Ging der verdammte Strich nun bis zur Nische oder in die Nische hinein, Frau Stumpe! Partnerin! Heh!«

Heh, irgendwie muß das gewirkt haben, die Partnerin wird in Windeseile wach, kocht einen Kaffee und folgt mir ins Zeichenzimmer im ersten Stock, wo wir beide gemeinsam den Fußboden inspizieren, allerdings von dem Streifen, den uns der Onkel hinterlassen hat, ist weder auf dem Tisch noch auf den Eichenbohlen etwas zu sehen. Nicht der kleinste Fleck. Frau Stumpe hat ganz Arbeit geleistet.

Ich bin der Meinung, daß er etwas höher zum Fenster hin verlaufen ist, sie sieht ihn zwei Handbreit tiefer. Wir einigen uns auf eine Handbreit. Trinken Kaffee. Sprechen von den alten Zeiten. Draußen wird der Himmel allmählich grau, ein erstes Auto fährt, ein Nachbar klappt mit der Tür. Frau Stumpe kocht mehr Kaffee. Nicht, daß wir uns in den Armen liegen, aber gemeinsame Sache, ja, das kann man sagen, machen wir. Die Frage ist, endete der Strich nun vor der Nische zwischen Kaminzug und Fenster oder in der Nische selbst. Gehen schließlich eine Etage tiefer in das Arbeitszimmer, das denselben Grundriß zeigt, Nische und alles andere, nur ist hier die seitliche Wand herausgenommen. Schließlich gehen wir in den Keller.

Im Augenblick, als wir die Treppe hinabsteigen, weiß ich, was wir zu erwarten haben, ich habe es eigentlich schon lange gewußt, zunehmend, je näher ich ihn kennenlernte. Damit meine ich seinen ganz unzeitgemäßen Berufsstolz: Es gibt natürlich kein Kaschee, wie sich die Leute aus Odessa das vorstellen, und schon gar keines minderwertiger Erzeugnisse.

»Was haben wir hier«, sage ich, als wir eintreten, »wir haben einen leeren Keller.«

Frau Stumpe blickt um sich, als habe sie ihn nie gesehen.

»Einen Heizöltank haben wir, aber der sollte uns nicht interessieren, denn darin ist nichts«, erkläre ich großzügig, »gar nichts (wie wir beide wissen).«

– – –

»Einen Tisch haben wir.« Das einzige Stück Möbel steht, wenn man es recht bedenkt, genau an der gleichen Stelle wie sein Gegenstück zwei Stock höher im Zeichenzimmer.

»Es fällt auf«, erkläre ich Frau Stumpe, »daß der Grundriß völlig korrespondiert, wenn man einmal von der Dicke der Mauern hier unten absieht, völlig deckungsgleich ist – vielleicht das bessere Wort. Oder noch besser: genau wie oben!«

Ich glaube, jetzt habe ich ihre Aufmerksamkeit.

»Nehmen wir aber an, daß auch dieser Tisch korrespondiert, also auf der gleichen Stelle steht ...«

Nicht wahr.

»... dann ziehen wir doch unseren Strich, der oben leider abhanden gekommen ist, hier unten einmal nach, sehen Sie, projizieren ihn in die gleiche Position ...«

Denn das hat der Onkel sicherlich suggerieren wollen, wenn man seine Mentalität berücksichtigt, seine Erfindungsgabe und – das darf man auch nicht unterschätzen – seinen ausgesprochenen Hang zum Stricheziehen.

»Dann läuft dieser Strich«, ich zeichne ihn mit einem Stift, so gut es geht, nach, »etwa hier entlang, und hier ...«

Frau Stumpe aufmerksam.

»... endet er mit einer kleinen Pfeilspitze, sehen Sie so, vor oder in der Nische. War es nun vor oder innerhalb?«

»Wo ist die Nische?« fragt Frau Stumpe.

»Aha!« (Aha)

– – –

Die Nische nämlich, die Einbuchtung zwischen der Fensterwand und dem Kaminzug ist gar nicht vorhanden. Ich habe es beim Eintritt sofort gesehen, hätte mir das Stricheziehen, das ich eigens für Frau Stumpe veranstaltete, natürlich sparen können. Es ist ja noch früh am Morgen, inzwischen allerdings nach sieben, Zeit für den Arbeitsbeginn, draußen läßt jemand einen Motor anlaufen, ein Reifen knirscht, ein leiser Knall.

»Jedenfalls gibt es keinen Grund mehr, warum wir nicht zu hämmern anfangen sollten«, erkläre ich Frau Stumpe.

Ich hole Hammer und Meißel und nehme die Mauer, die zwischen Außenwand und dem vorspringenden Kaminzug gezogen ist – der hier nicht vorspringt –, in Angriff. Sie ist einen Stein dick, relativ frisch, nach dem Zementmörtel zu urteilen, gibt in der Mitte, etwa da, wo der Onkel auf die Nische gedeutet hatte, mit einem Stein nach und entblößt ein schwarzes Loch. Dieses ist der Zeitpunkt, zu dem wir beide zu keuchen beginnen.

»Frau Stumpe«, rufe ich, »hier kommt's.«

Und sie: »Herrgott. Herrgott!«

Es kommt. Mit einem losen Stein, kommt die ganze Wand herunter. Es staubt mächtig, wir husten, klopfen uns gegenseitig auf den Rücken, daß es schallt. Nebenan die Nachbarn werden gedacht haben, eine ganze Horde von Onkels sei wieder auferstanden, so aus dem Häuschen waren wir und hätten doch allen Grund gehabt, still zu sein.

Denn da liegen sie, die Millionen, bis zur Decke gestapelt: Stapel auf Stapel Hunderter, Fünfziger, Zwanziger, Zehner. Allein der Papierwert wäre beträchtlich, echtes Vermeugen, die dünne Qualität ohne Wasserzeichen, das heißt, jetzt mit Wasserzeichen (das, wie wir wissen, keines ist).

Wir sind überwältigt.

Bildnis eines jungen Mannes von Albrecht Dürer (das Originalgemälde ist im Besitz des Prinzen Ludwig von Hessen). Die Patrizier- und Kaufmannsfrau Elisabeth Tucher, Mann mit Kind (schwäbischer Meister um 1525), der Kosmograph Sebastian Münster nach einem Gemälde von Christoph Amberger. Frau Stumpe ist blaß geworden, ich habe sie noch nie so blaß im Gesicht gesehen.

Und alles völlig wertfrei – fast hätte ich gesagt, wertlos –, l'art pour l'art im besten Sinne, gemacht um des Machens willen. Schöner, freier und leidenschaftlicher geht es ja wohl nicht. Man kann sogar sagen, ich bin froh zu sehen, daß er sich bis zuletzt treu blieb, wenn das nicht zuviel verlangt wäre.

»O Gott!« Frau Stumpe schlägt die Hände vors Gesicht, »lauter altes Geld, o Gott!«

Gott, hätte ich an dieser Stelle sagen sollen, hat sicherlich sehr viel mehr Humor, als wir denken.

Allein die Farben!

Schwarzblau ins Violettrot wechselnd, Grün und grünliches Schwarz, Olivrot ins Braunschwarz gehend, Rötlichbraun, und gar das Braunoliv ins Gelblichrot. Eine Pracht, aber eine zurückgenommene und darum um so prächtigere. Dazu schillernde, wellenförmige Bänder, sogenannte Guilloches, zweifarbige Rosetten mit lichten Wertzahlen, bogenförmig verlaufende Schmuckgravuren mit Segelschiffen, Geigen, Adlern und Holstentoren. Dazu Faksimile-Unterschriften des Präsidenten Karl Blessing und des Vizepräsidenten Dr. Troeger in mehreren abgeschatteten Farbtönen, vornehmlich brotbraun und indigo. Kunstwerke allesamt. Versteht sich.

Nicht zu erwähnen die Zierbänder, Zierzacken und Zackenmuster, ja, und die guillochierten Feinschraffierungen. Ein Traum von Vexiermustern. Eine Schatztruhe intermittierender Wasserkreise (nicht zu verwechseln mit den heutigen Regenbögen). So waren wir einerseits beglückt, andererseits niedergeschmettert, und wer wird es uns verdenken, wenn wir, die Stumpe und ich, uns nun weinend in die Arme sanken.

Geblendet von Millionen und gleichzeitig beraubt um dieselbe Summe, denn es handelte sich selbstverständlich um »Vor-siebte-Siebte« – ich hoffe, das genügend klargemacht zu haben. Aber das haben wir schließlich vorausgesehen.

Nach alledem.

Jüdischer Verlag

Jehuda Bauer
Freikauf von Juden?

Aus dem Englischen von Klaus Binder und Jeremy Gaines
Etwa 480 Seiten. Gebunden
ca. DM 56,– / öS 414,– / sFr. 56.–
(April '96)

Dieses Buch stellt sich einem schwierigen Thema: den Verhandlungen, die Repräsentanten der Juden mit Nazis führten, um gegen Güter und Geld die Freilassung von Juden aus den Händen der Nazis zu ermöglichen. Yehuda Bauer untersucht die Verhandlungen, die zwischen 1933 und 1945 geführt wurden, stellt die Beteiligten vor, öffnet bislang verschlossenes Archivmaterial und legt neue Quellen vor, wägt sie ab.

Blanca Rosenberg
»Versuch zu überleben ...«

Polen 1941–1945
Aus dem Amerikanischen von Herbert Uhl und Fritz Kunle
Etwa 260 Seiten. Gebunden
Mit Abbildungen
ca. DM 38,– / öS 281,– / sFr. 39.–
(April '96)

Der Bericht einer polnischen Jüdin, die kurz vor der Liquidierung des Ghettos von Kolomyja fliehen kann und mit »arischen« Papieren den Kampf ums Überleben in der »Außenwelt« aufnimmt. »Sie müssen überleben, damit Sie unsere Geschichte erzählen können«, hat sie mehr als einmal von todgeweihten Leidensgenossen zu hören bekommen. Erst im Abstand einiger Jahrzehnte hat sie sich dieser Aufgabe stellen können. 1993, in ihrem achtzigsten Lebensjahr, ist das unvergeßliche Buch in Amerika erschienen.

Samuel J. Agnon
Liebe und Trennung

Erzählungen. Aus dem Hebräischen von Gerold Necker
Etwa 192 Seiten. Gebunden
ca. DM 36,– / öS 266,– / sFr. 37.–
(April '96)

Es gehört zum skeptischen, pessimistischen Blick, den Agnon auf die Welt warf, daß er in Liebesverhältnissen eher das Moment der Trennung als das der Vereinigung aufspürte. Liebe und Trennung ist die Grundspannung, die alle hier versammelten Erzählungen durchzieht.

Arthur Hertzberg
Shalom, Amerika!

Die Geschichte der Juden in der Neuen Welt
Aus dem Amerikanischen von Sylke Tempel. Etwa 432 Seiten
Kartoniert
ca. DM 38,– / öS 281,– / sFr. 39.–
(April '96)

Dieses Buch handelt von der Geschichte der Juden in Amerika, in der Neuen Welt.

Wichtige Nachauflage

Emmanuel Lévinas
Schwierige Freiheit

Versuch über das Judentum
Aus dem Französischen von Eva Moldenhauer. 192 Seiten
Gebunden
ca. DM 36,– / öS 266,– / sFr. 37.–
(April '96)

Tankred Dorst

Wolfgang Koeppen

Hermann Kasack

Tankred Dorst
WAS SOLLEN WIR TUN

Variationen über ein Thema von Leo Tolstoi
Mitarbeit: Ursula Ehler

1. Der Gott unter dem Ahornbaum
2. Die halb geöffnete Tür
3. Akrobaten
Etwa 100 Seiten. Engl. Broschur
ca. DM 28,– / öS 207,– / sFr. 29.–
(März '96)

Die Frage WAS SOLLEN WIR TUN bedrängt die Menschen in den immer komplizierteren Konflikten unserer Gegenwart, wie sie Tolstoi am Ende seines Jahrhunderts bedrängt hat. Tankred Dorst vollbringt das Kunststück, mit Komik und Melancholie vom Scheitern großer Utopien zu erzählen, veranschaulicht aber zugleich auf wunderbar paradoxe Weise, daß ein Leben ohne Utopien und Phantasie armselig und wertlos wäre.

Volker Braun
Lustgarten. Preußen

Ausgewählte Gedichte
Etwa 180 Seiten. Gebunden
ca. DM 34,– / öS 252,– / sFr. 35.–
(März '96)

Vielen gilt Volker Braun als der authentische und glaubwürdige Dichter des zugrunde gerichteten Sozialismus. Nicht in den Westen gegangen oder vertrieben, hat er die Auseinandersetzung mit dem politischen Gang der Verhältnisse gesucht.
Um so bedeutsamer, wenn Volker Braun nun Gedichte aus dem Zeitraum 1959 bis 1995 auswählt und vorstellt.

Kurt Drawert
Wo es war

Gedichte
Etwa 128 Seiten. Gebunden
ca. DM 28,– / öS 207,– / sFr. 29.–
(März '96)

Diese Gedichte, die ihre Zerbrechlichkeit auch in strenge poetische Formen zu zwingen wissen und deren lyrische Beweglichkeit sich als Bewegung des Gedankens vollzieht, befinden sich auf

Hans Mayer

Jurek Becker

Thomas Bernhard

Jurek Becker
Ende des Größenwahns

Aufsätze, Vorträge
Etwa 250 Seiten. Gebunden
ca. DM 42,– / öS 311,– / sFr. 42.–
(März '96)

Da »die Kritikfähigkeit eines Menschen«, so Jurek Becker in einem Gespräch mit dem Spiegel, »nirgendwo sinnvoller und nützlicher ist als in seiner Heimat«, läßt der Autor, sich ans eigene Wort haltend, es sich nicht nehmen, zu ihm mißfallenden Entwicklungen und Vorfällen, aber auch zu Menschen, die er mag, seine Meinung zu sagen. Jurek Becker argumentiert dabei lebhaft und humorvoll, scheut keinen Zusammenstoß, weiß jedoch, dank seiner ausgeprägten Selbstironie, daß wir alle noch lange nicht am Ende des Größenwahns angekommen sind.

Thomas Bernhard
»Die eigentliche Natur und Welt ist in den Zeitungen«

Herausgegeben von Wolfram Bayer
und Wendelin Schmidt-Dengler
Etwa 240 Seiten. Gebunden
ca. DM 42,– / öS 311,– / sFr. 42.–
(Mai '96)

Der vorliegende Band versammelt sämtliche Reden und öffentlichen Stellungnahmen Thomas Bernhards. Hier ist nachzulesen, wie und warum seine »Erregungen« entstanden, ist zu verfolgen, wie ein Schriftsteller öffentlich auftritt, als sei er die Fleisch und Blut und Kopf gewordene Inkarnation eines Protagonisten aus einem seiner literarischen Werke. Auf diese Weise ist ein vergnügliches Lese-Buch entstanden, das den Rollen- und Verwandlungskünstler Thomas Bernhard auf der Höhe seiner literarischen Meisterschaft zeigt.

Samuel Beckett

Mario Vargas Llosa

Cees Nooteboom

Mario Vargas Llosa
Tod in den Anden

Roman
Aus dem Spanischen von Elke Wehr
384 Seiten. Leinen
DM 49,80 / öS 369,– / sFr. 49.80

Vargas Llosa stößt in seinem jüngsten Roman in den Bereich vor, wo abenteuerliche, kaum faßliche Wirklichkeit und schriftstellerische Imagination zusammenkommen und einen legendären, mythischen Raum des Erzählens bilden. *Tod in den Anden* erzählt ein menschliches Drama in der Form eines spannenden, atmosphärisch dichten Romans.

Juan Carlos Onetti
Wenn es nicht mehr wichtig ist

Roman
Aus dem Spanischen von
Rudolf Wittkopf
Etwa 192 Seiten. Gebunden
ca. DM 36,– / öS 266,– / sFr. 37.–
(März '96)

Der letzte Roman des großen lateinamerikanischen Autors, der 1994 im Alter von 84 Jahren starb. Darin nimmt Onetti den Leser ein letztes Mal in seine Erzählwelt vibrierender, aufs höchste verdichteter Schwärze.
Postum wird Onetti heute – voraussehbare Ironie der Literaturgeschichte – neben Juan Rulfo als einer der ganz großen Prosaautoren Lateinamerikas bezeichnet. Sein Werk erscheint im Suhrkamp Verlag.

Julio Cortázar/ Carol Dunlop
Die Autonauten auf der Kosmobahn

Eine zeitlose Reise Paris–Marseille
Aus dem Spanischen von
Wilfried Böhringer
Etwa 360 Seiten. Klappen-Broschur
Mit zahlreichen Abbildungen
ca. DM 39,80 / öS 295,– / sFr. 40.80
(März '96)

Einen Monat verbrachten Julio Cortázar und seine zweite Frau Carol Dunlop im Sommer 1982 auf der Autobahn Paris–Marseille. Es galt, alle Autobahnrastplätze auf der Strecke anzusteuern, auf jedem zu verweilen und auf jedem zweiten – wie gräßlich der auch sein mochte – zu übernach-

E. M. Cioran
Leidenschaftlicher Leitfaden

Aus dem Rumänischen von Ferdinand Leopold
Etwa 120 Seiten. Gebunden
ca. DM 32,– / öS 237,– / sFr. 33.–
(März '96)

E. M. Cioran starb im Juni 1995. Als sein Vermächtnis erscheint jetzt der *Leidenschaftliche Leitfaden*, sein letztes rumänisches, mitten im Zweiten Weltkrieg in Paris entstandenes Buch, ein Werk des Abschieds von der Jugend und von Rumänien. Cioran ermöglicht sich den Übergang in die verführende Dämmerung der Zivilisation.

90. Geburtstag im April 1996

Samuel Beckett
Traum von mehr bis minder schönen Frauen

Roman
Herausgegeben von Eoin O'Brien und Edith Fournier. Aus dem Englischen von Wolfgang Held
Etwa 320 Seiten. Leinen
ca. DM 48,– / öS 355,– / sFr. 48.–
(März '96)

Becketts erster Roman, entstanden 1932 in Paris, ist ein pikaresker, unflätiger, philosophischer Bericht über eines gewissen Belacqua Suche nach der eigenen literarischen Identität. Es ist das überschäumend virtuose, mit Sprachen, Zitaten und Anspielungen jonglierende, teils quälerische, teils überaus komische Buch eines Genies.

Samuel Beckett
Eleutheria

Aus dem Englischen von Simon Werle
Etwa 140 Seiten. Leinen
ca. DM 42,– / öS 311,– / sFr. 42.–
(März '96)

In dieser brillanten, bitterbösen Familienstudie sind Elemente, Figuren und Themen angelegt, die in den folgenden Werken Becketts ausgefeilt, ergänzt und verkürzt wiederkehren.
Das Besondere aber an diesem ersten Theaterstück von Samuel Beckett ist, daß uns ein kurzer Blick in seine ›Werkstatt‹ gewährt wird, ein Einblick, den die Präzision, das kalkulierte Spiel der späteren Stücke so nicht mehr zulassen.

Octavio Paz
Itinerarium

Kleine politische Autobiographie
Aus dem Spanischen von Rudolf Wittkopf
Etwa 100 Seiten. Bütten-Broschur
ca. DM 24,– / öS 178,– / sFr. 25.–
(April '96)

Was diese kleine autobiographische Schrift so sprechend macht, ist das nimmermüde Bestreben des Schriftstellers Paz nach Klarheit der Positionen, nach Artikulation der Grundanschauungen. Diese Schrift ist das politische Testament des großen Schriftstellers und Nobelpreisträgers Octavio Paz.

Tilmann Moser
Dämonische Figuren

Die Wiederkehr des Dritten Reiches in der Psychotherapie
Etwa 350 Seiten. Gebunden
ca. DM 48,– / öS 355,– / sFr. 48.–
(März '96)

Dem ersten, theoretischen Teil »Psychoanalyse und Macht« folgt ein zweiter: Zehn Stundenprotokolle aus der Behandlung verschiedener Patienten, in deren früheren Therapien die NS-Zeit weitgehend ausgeblendet worden war, bringen Beispiele solcher Inszenierungen innerhalb einer analytischen Therapie. Sie sind spannend zu lesen und verdeutlichen die Verschüttung der NS-Zeit in seelischen Giftmülldeponien, für die der Schlüssel verloren schien.

Gilles Deleuze / Félix Guattari
Was ist Philosophie?

Aus dem Französischen von Bernd Schwibs und Joseph Vogl
Etwa 260 Seiten. Gebunden
ca. DM 48,– / öS 355,– / sFr. 48.–
(April '96)

Was ist Philosophie? Darauf wurde mannigfach geantwortet; häufig durch eine neue Philosophie: eine neue Weltdeutung. Deleuze/Guattaris Antwort will keine neue Philosophie sein, sondern auf direkte Weise, ohne Umschweife und nüchtern die Voraussetzungen, die Unbekannten der Frage benennen. Was also ist sie – und vor allem: Wie arbeitet sie?

Anita Eckstaedt
»Der Struwwelpeter«

Dichtung und Deutung
Eine psychoanalytische Studie
Etwa 264 Seiten. Mit zahlreichen farbigen Abbildungen. Gebunden
ca. DM 39,80 / öS 295,– / sFr. 40.80
(April '96)

Woran liegt es, daß der *Struwwelpeter* bis heute – durch eineinhalb Jahrhunderte hindurch – aktuell geblieben ist?

So wie Kinder Märchen brauchen, die ihnen eine Möglichkeit geben, die inneren Konflikte, die sie in den verschiedenen Phasen ihrer seelischen Entwicklung bewußt und unbewußt erleben, intuitiv zu erfassen und in der Phantasie auszuleben, so brauchen Kinder (wie Erwachsene) auch Geschichten, in denen es um Tod oder Leben geht. Diese Tiefendimension, die »wahre« Geschichte in den Geschichten des *Struwwelpeter*, kann dank der Studie Anita Eckstaedts endlich verstanden werden. In einem vom Autor Hoffmann unbewußt erlebten Schnittpunkt von Tod und Leben entstanden, erzählen die Geschichten des *Struwwelpeter* in Wahrheit eine Geschichte: die des Autors.

Uwe Johnson
Heute Neunzig Jahr

Aus dem Nachlaß herausgegeben von Norbert Mecklenburg
Etwa 200 Seiten. Leinen
ca. DM 36,– / öS 266,– / sFr. 37.–
(März '96)

Uwe Johnson ist kurz nach Erscheinen des letzten Bandes seines Hauptwerks *Jahrestage*, im Februar 1984, gestorben. Nach seinem Tod fand sich das Typoskript zu einem neuen Buch: *Heute Neunzig Jahr*. Johnson konnte seine letzte Arbeit nicht beenden. Das als Text Vorhandene stellt die Cresspahl-Geschichte von 1888 bis in die vierziger Jahre dar. Es handelt sich um eine historisch-biographische Erzählung aus der Perspektive von Gesine Cresspahl.

Jörg Steiner
Der Kollege

Erzählung
Etwa 72 Seiten. Gebunden
ca. DM 28,– / öS 207,– / sFr. 29.–
(März '96)

In knappen Skizzen und minutiös beobachtet, entwickelt Jörg Steiners Erzählung *Der Kollege* das Psychoprotokoll eines Arbeitslosen, den Prozeß der Ausgrenzung eines Menschen. Erstaunlicherweise ein rares Thema unserer Gegenwartsliteratur.

Marlene Streeruwitz
Verführungen.

3. Folge. Frauenjahre.
Etwa 290 Seiten. Gebunden
ca. DM 38,– / öS 281,– / sFr. 39.–
(März '96)

Verführungen. ist ein Buch, das auf jedes Ornament, jeden poetischen Ton, alle psychologischen Deutungsversuche verzichtet, das, formal ungewöhnlich, der Atemlosigkeit der Protagonistin angemessen, in kurzen, ganz kurzen Sätzen ein normal zu nennendes Leben beschreibt. *Verführungen.* ist ein Buch der Selbstbehauptung.

Hans-Ulrich Treichel
Heimatkunde oder Alles ist heiter und edel

Besichtigungen
Etwa 136 Seiten. Engl. Broschur
ca. DM 32,– / öS 237,– / sFr. 33.–
(März '96)

An Ort und Stelle nimmt Hans-Ulrich Treichel seine Besichtigungen vor. Er beglückt den Leser nicht mit Kinderglück, erfreut ihn nicht mit lebenserleichternden Fügungen – er zeigt das Unliebsame, macht das bis zur Lächerlichkeit Scheiternde zum Thema. Dies wiederum hat eine rettende »umwerfende Komik« zur Folge, was das Teilhaben an seinen Geschicken und Mißgeschicken zum Vergnügen, bisweilen zu einem bitteren, macht.

Mario Vargas Llosa
Tod in den Anden

In Naccos, einer gottverlassenen Ortschaft hoch in den Anden, werden drei Menschen vermißt: Opfer der übermächtigen Natur, eines unaussprechlichen Aberglaubens oder der Hinrichtungskommandos der Terroristen? Korporal Lituma und sein junger Kollege Tomás stehen vor der Aufgabe, aus feindseligem Schweigen und haarsträubenden Geschichten die Wahrheit ans Licht zu bringen.

Mit diesem dichtgewobenen und überaus spannend erzählten Roman führt Mario Vargas Llosa – Autor weltweit bekannter Romane – mitten hinein in die lateinamerikanische Lebenswirklichkeit, die er als extreme Existenzform des Menschen begreift.

Roman. Aus dem Spanischen von Elke Wehr. 384 Seiten. Leinen
DM 49,80 / öS 369,– / sFr. 49.80

Fotonachweis: Jerry Bauer (Mario Vargas Llosa), Alexander Beck (Hans Mayer), Nikolaus Becker (Jurek Becker), Michael Bengel (Uwe Johnson), Isolde Ohlbaum (Ernst Augustin, Thomas Bernhard, Tankred Dorst, Wolfgang Koeppen), Sven Paustian (Durs Grünbein), Simone Sassen (Cees Nooteboom)

Suhrkamp Verlag, Postfach 10 19 45, 60019 Frankfurt am Main. Preisänderungen vorbehalten. 1/96 (99769)

Polnische Bibliothek

Polnische Renaissance

Ein literarisches Lesebuch
von Wacław Walecki
Übersetzt von Hans-Peter
Hoelscher-Obermaier
Etwa 320 Seiten. Leinen
ca. DM 34,– / öS 252,– / sFr. 35.–
(April '96)

Entsprechend dem weitgespannten Literaturbegriff der Epoche, zeichnet die reichbebilderte Sammlung anhand vielfältiger Beispiele aus Dichtung und Prosa ein umfassendes und plastisches Bild nicht nur der polnischen Literatur des 16. Jahrhunderts, sondern auch des Lebens jener Zeit.

Wichtige Neuauflagen:

Janusz Korczak
Das Kind lieben

Ein Lesebuch
von Erich Dauzenroth und Adolf Hampel. Aus dem Polnischen von Karl Dedecius u.a.
Aus dem Hebräischen von Shoshana Sachs
291 Seiten. Leinen
ca. DM 34,– / öS 252,– / sFr. 35.–
(April '96)

Jarosław Iwaszkiewicz
Die Fräulein von Wilko

Drei Novellen
Aus dem Polnischen von
Klaus Staemmler
335 Seiten. Leinen
ca. DM 38,– / öS 281,– / sFr. 39.–
(April '96)

Spectaculum 61

Sechs moderne Theaterstücke
und Materialien
Etwa 300 Seiten. Gebunden
ca. DM 36,– / öS 266,– / sFr. 37.–
Im Abonnement:
ca. DM 32,– / öS 237,– / sFr. 33.–
(Mai '96)

Edward Albee
Drei große Frauen
Deutsch von Alissa und Martin Walser

Edward Bond
September
Deutsch von Manfred Weiß

Bertolt Brecht
Die Dreigroschenoper

Tankred Dorst
Wie Dilldapp nach dem Riesen ging
Mitarbeit Ursula Ehler

Elfriede Jelinek
Raststätte oder Sie machens alle

David Mamet
Das Kryptogramm
Deutsch von Bernd Samland

den Spuren der Vergangenheit – einer verloschenen Geschichte und wie verloren wirkenden Biographie; und sie schreiben an gegen die verleugnete Geschichte und ein zum Verstummen gebrachtes Erwachsenwerden.

Ko Un
Die Sterne über dem Land der Väter

Gedichte
Aus dem Koreanischen von Woon-Jung Chei und Siegfried Schaarschmidt
Etwa 120 Seiten. Halbleinen
ca. DM 40,– / öS 296,– / sFr. 40.–
(April '96)

Ko Un ist einer der bedeutendsten Dichter Koreas. 1933 wurde er als ältester Sohn einer Bauernfamilie in der Provinz Chollado im Südwesten der koreanischen Halbinsel geboren. Mit neunzehn trat er in ein zen-buddhistisches Kloster ein und verbrachte dort zehn Jahre. In dieser Zeit begann er Gedichte zu schreiben. *Die Sterne über dem Land der Väter*, 1984 in Korea erschienen, ist Ko Uns erste Buchveröffentlichung in deutscher Sprache.

90. Geburtstag im Juni 1996

Wolfgang Koeppen
Jugend

Sonderausgabe
Etwa 160 Seiten. Leinen
ca. DM 34,– / öS 252,– / sFr. 35.–
(März '96)

Jugend, das ist die Erinnerung an die eigene Jugend wie Vorstellungen einer fremden Jugend. Was geschildert ist, sind Träume einer Kindheit kurz vor, während und nach dem Ersten Weltkrieg. Es könnte ein Bericht über und für einen Fremden sein, eine Autobiographie, geschrieben in das Leben eines anderen, ein Versteck in viele Figuren.

Wolfgang Koeppen
Ich ging Eulenspiegels Wege

Ein Lesebuch
Herausgegeben von Dagmar von Briel
Etwa 368 Seiten. Gebunden
ca. DM 25,– / öS 185,– / sFr. 26.–
(März '96)

Dieses Buch ist eine Verführung zum Lesen: *Ich ging Eulenspiegels Wege* bietet vor allem jungen Menschen eine Begegnung mit einem Werk, das in unserem Jahrhundert einzigartig dasteht – das Werk des großen Romanciers Koeppen, eines Klassikers zu Lebzeiten.

100. Geburtstag im Juli 1996

Hermann Kasack
Das Birkenwäldchen

Erzählung. Mit einem Nachwort von Siegfried Unseld
Etwa 60 Seiten. Klappen-Broschur
ca. DM 24,– / öS 178,– / sFr. 25.–
(April '96)

Die Erzählung *Das Birkenwäldchen* ist die einzige epische Prosa, die Hermann Kasack, der am 24. Juli 1996 100 Jahre alt würde, während der Nazizeit veröffentlicht hat. Kasack wählte den Weg der Publikation dieser Erzählung im zweiten Heft 1944 der *Neuen Rundschau*, um Peter Suhrkamp als politischem Häftling, der zeitweilig keine Briefe, wohl aber Erzeugnisse seines Verlages empfangen durfte, eine Gesamtschau seiner persönlichen Situation und der Aussicht auf Freilassung zukommen zu lassen.

Hans Mayer
Erinnerung an Brecht

Etwa 120 Seiten. Engl. Broschur
ca. DM 24,– / öS 178,– / sFr. 25.–
(April '96)

Erinnerung an Brecht nennt Hans Mayer seinen Essay über einen der größten Lyriker und Stückeschreiber dieses Jahrhunderts. Er zieht damit die Bilanz einer langen, aus der persönlichen Beziehung erwachsenen Beschäftigung mit Bertolt Brecht.

Hans Mayer
Brecht

Etwa 500 Seiten. Leinen
ca. DM 58,– / öS 429,– / sFr. 58.–
(April '96)

Hans Mayer hat 1966 und nochmals 1978 seine Deutung Richard Wagners vorgelegt. Es folgte der große Georg-Büchner-Text 1972 (dessen Grundlagen in die 30er Jahre zurückreichen). Sein Goethe wurde 1973 vorgelegt, Thomas Mann erschien 1980, kurz darauf die beiden ersten großen Erinnerungsbücher.
Brecht schließt an diese monographischen Betrachtungen und Erinnerungen an. Unter dem schlichten Titel *Brecht* sind hier erstmals die wichtigen Texte Hans Mayers zu Bertolt Brecht vereint. Inspirierter Essayist und glänzender Philologe: Hans Mayer ist stets beides.

Bertolt Brecht
Geschichten, Filmgeschichten 1913–1941

Große kommentierte Berliner und Frankfurter Ausgabe · Band 19, Prosa 4. Herausgegeben von Werner Hecht, Jan Knopf, Werner Mittenzwei und Klaus-Detlef Müller. Bearbeitet von Jan Knopf, unter Mitarbeit von Brigitte Bergheim, Michael Duchardt und Ute Liebig
Etwa 700 Seiten. Leinenausgabe
ca. DM 68,– / öS 503,– / sFr. 68.–
(bei Bestellung der Gesamtausgabe), sonst
ca. DM 88,– / öS 651,– / sFr. 88.–
Lederausgabe ca.
DM 168,– / öS 1243,– / sFr. 168.–
(bei Bestellung der Gesamtausgabe), sonst
ca. DM 188,– / öS 1391,– / sFr. 188.–
(Mai '96)

In den Bänden 19 und 20 werden alle Einzelerzählungen und Filmtexte in chronologischer Folge präsentiert.

Jan Knopf
Gelegentlich: Poesie

Ein Essay über die Lyrik Bertolt Brechts
Etwa 320 Seiten. Gebunden
ca. DM 48,– / öS 355,– / sFr. 48.–
(April '96)

Brechts lyrisches Werk, ca. 2600 Gedichte und Lieder, ist in der deutschen Literaturgeschichte nur mit dem Goethes vergleichbar, und zwar sowohl, was die Quantität, aber vor allem, was die Qualität betrifft. Mit diesem Buch wird das lange und zum Teil immer noch verbreitete Vorurteil, Brechts Poesie sei weitgehend in seinen (politischen) Anlässen steckengeblieben, endgültig verabschiedet.

ten. Auf dieser Reise ist ein Tagebuch entstanden, voller übermütigem Humor und spielerischem Witz – und ganz nebenbei ist das Reisejournal auch die Geschichte eines Schriftstellerpaars, das in der Enge seines VW-Busses wie auf einer einsamen Insel die Liebe lebt.

György Konrád
Steinuhr

Roman.
Aus dem Ungarischen von
Hans-Henning Paetzke
Etwa 420 Seiten. Gebunden
ca. DM 48,– / öS 355,– / sFr. 48.–
(April '96)

Wie jeder, so wird auch Dragoman von der Sehnsucht nach Glück geleitet, im Rentenalter sucht er nach einem Zuhause, der Wanderer ist einsam, es verlangt ihn nach Zuneigung. Dragoman, eine ironisch behandelte Figur, bestraft sich selbst mit Schweigen, Geisteskrankheit, einem simulierten, stummen Selbstmord. *Steinuhr* – ein kriminalistisch angelegter Lebensroman.

Cees Nooteboom
Selbstbildnis eines Anderen

Träume von der Insel und
der Stadt von früher
Aus dem Niederländischen von
Helga van Beuningen
Etwa 80 Seiten. Leinen
ca. DM 34,– / öS 252,– / sFr. 35.–
(März '96)

»*Selbstbildnis eines Anderen*: Ein Er steht sich selbst gegenüber, einem anderen Er. Keine klinisch feststellbare Bewußtseinsspaltung, sondern Dichtung, in der alles möglich ist. Die Worte sind geduldig, sie warten auf ihre Stunde; ist sie gekommen, überfallen sie den, der mit ihnen umgeht, führen ihn oft, wohin er nicht will.«

Roland H. Wiegenstein,
Süddeutsche Zeitung

Neu in der jungen Reihe

Gyrdir Elíasson
Das Schlafrad

Roman
Aus dem Isländischen von
Gert Kreutzer
Etwa 130 Seiten. Gebunden
ca. DM 24,– / öS 178,– / sFr. 25.–
(März '96)

Eine Odyssee durch Island führt den Helden auf die Spuren seiner eigenen Vergangenheit und Zukunft. Eine Geschichte, die von nordischen Märchen und Gespensterballaden inspiriert ist. Ein Schlüssel in die so fremde isländische Vorstellungswelt ist dieser Roman ganz gewiß: Elíasson breitet sie in phantastischer Fülle vor uns aus.

Neu in der jungen Reihe

Colby Rodowsky
Lucy Peale

Roman
Aus dem Amerikanischen von
Ingrid Westerhoff
Etwa 190 Seiten. Gebunden
ca. DM 24,– / öS 178,– / sFr. 25.–
(März '96)

Lucy Peale erzählt einfühlsam und spannend die Geschichte eines 17jährigen Mädchens, das ungewollt schwanger wird. Gleichzeitig ist dies die Geschichte einer Loslösung vom übermächtigen Vater und einer Suche nach dem eigenen Weg.

Durs Grünbein

Ernst Augustin

Uwe Johnson

Durs Grünbein
Galilei vermißt Dantes Hölle und bleibt an den Maßen hängen

Aufsätze 1989–1995
Etwa 250 Seiten. Gebunden
ca. DM 38,– / öS 281,– / sFr. 39.–
(März '96)

Galileis Vermessungen von Dantes Hölle markieren für den scharfsichtigen Lyriker Durs Grünbein die unheilvolle Entzweiung von sinnlicher Anschauung in den Künsten und den Formelabstraktionen der Naturwissenschaften. Seiner eigenen Dichtung sucht Durs Grünbein mit feinem Spürsinn ihr Maß in der ›Synthese‹.

Ernst Augustin
Gutes Geld

Roman in drei Anleitungen
176 Seiten. Gebunden
DM 38,– / öS 281,– / sFr. 39.–

1974 hatte der Autor und Psychiater Ernst Augustin einen sehr kunstfertigen Geldfälscher zu begutachten. Während der Gespräche teilte der Proband Ernst Augustin unter der Hand Herstellungstechniken mit, verriet ihm vor allem »das Geheimnis des Wasserzeichens«, für das er, im Hinblick auf sein hohes Alter, keine Verwendung mehr hatte. Der Autor hat es nicht riskiert, eigenhändig »gutes Geld« herzustellen; immerhin riskiert er jetzt, dieses Buch zu veröffentlichen.

Patrick Roth
Corpus Christi

Etwa 180 Seiten. Gebunden
ca. DM 34,– / öS 252,– / sFr. 35.–
(März '96)

Patrick Roths Texte sind »längere Gedankenspiele« von kriminalistischer Brillanz. In seinem neuen Buch erzählt er uns die Geschichte einer Verunsicherung: Die Glaubensgewißheit soll Judas Thomas genommen werden, damit er erkennen lerne. *Corpus Christi* unterstreicht: »In der deutschsprachigen Literatur von heute hat Patrick Roth nicht seinesgleichen.«

(Sigrid Löffler)

Neue Bücher 1. Halbjahr 1996

Suhrkamp Literatur

Ernst Augustin · Jurek Becker
Samuel Beckett · Thomas Bernhard
Volker Braun · Bertolt Brecht · E. M. Cioran
Julio Cortázar / Carol Dunlop
Gilles Deleuze / Felix Guattari · Tankred Dorst
Kurt Drawert · Anita Eckstaedt · Gyrðir Elíasson
Durs Grünbein · Uwe Johnson ·
Hermann Kasack · Jan Knopf · Wolfgang Koeppen
György Konrád · Hans Mayer
Tilmann Moser · Cees Nooteboom
Juan Carlos Onetti · Octavio Paz
Colby Rodowsky · Patrick Roth · Jörg Steiner
Marlene Streeruwitz · Hans-Ulrich Treichel
Mario Vargas Llosa
Polnische Bibliothek · Spectaculum
Jüdischer Verlag

Die Bücher von Ernst Augustin
im Suhrkamp Verlag:

Mamma. Roman. 1970

Raumlicht: Der Fall Evelyne B. Roman. 1976
suhrkamp taschenbuch 660. 1981

Eastend. Roman. 1982
suhrkamp taschenbuch 1176. 1985

Der amerikanische Traum. Roman. 1989
suhrkamp taschenbuch 1840. 1991

Der Kopf. Roman
suhrkamp taschenbuch 1721. 1990

Mahmud der Schlächter oder Der feine Weg
Roman 1992
suhrkamp taschenbuch 2496. 1995

Gutes Geld. Roman in drei Anleitungen. 1996